CARRÉS CLASSIQUES

Collection COLLÈGE dirigée par
Cécile de Cazanove
Agrégée de Lettres modernes

Quatre fabliaux du Moyen Âge

XIIe-XIVe SIÈCLES
Textes intégraux

Traduction et édition présentées par
Claudine Manesse
Certifiée de Lettres modernes

Nathan

Sommaire

Avant la lecture

- Qui êtes-vous, Amaury le jongleur ? 6
- La France au temps des fabliaux 8
- Qui sont les personnages ? 10

Lire Quatre fabliaux du Moyen Âge

Les Perdrix 15

Pause lecture 1 : La gourmandise est un vilain défaut 19

Un Jongleur en enfer 25

Pause lecture 2 : Quand la passion du jeu égare un jongleur 32

***Le Cupide et l'Envieux*, Jean Bodel** 37

Pause lecture 3 : Deux péchés capitaux 40

***La Couverture partagée*, Bernier** 45

Pause lecture 4 : À ingrat, ingrat et demi ! 53

***Questions sur* Quatre fabliaux du Moyen Âge** 59

ISBN : 978-2-09-188504-9

Après la lecture

Thème : Divertir et instruire 62
Genre : Du fabliau au sketch comique 64

Autres lectures

Qui sont les auteurs ? 68
Le Curé qui mangea des mûres, Garin (XIIIe siècle) 69
Les Trois Aveugles de Compiègne, Cortebarbe (XIIIe siècle) 71
Sire Hain et dame Anieuse, Hugues Piaucèle (XIIIe siècle) 79
Le Paysan médecin, anonyme (XIIIe siècle) 87
Le Mille-feuille, Raymond Devos (XXe siècle) 95

À lire et à voir 97

Dossier central images en couleurs

Avant la lecture

- *Qui êtes-vous, Amaury le jongleur ?* 6
- *La France au temps des fabliaux* 8
- *Qui sont les personnages ?* 10

Qui êtes-vous, Amaury le jongleur ?

***Le jongleur Amaury** a passé toute sa vie sur les routes, de château en château, de foire en foire. Vieux et perclus de rhumatismes, il a décidé d'arrêter de réciter des fabliaux, travail tant aimé mais épuisant. Il léguera les histoires qu'il a amassées, inventées et récitées au fil des années à son fils Gautier. Celui-ci est curieux de savoir ce que fut la vie de son père et est avide de recueillir ses conseils...*

Sache, Gautier, que c'est un **métier difficile**. Toujours en chemin, été comme hiver, sous la grosse chaleur ou la tempête de neige, quand ce n'est pas avec des loups, des brigands, parfois mal accueillis dans les lieux où on nous avait pourtant mandés avec grande insistance pour distraire l'assemblée. Oui, vraiment, c'est un métier usant, mais j'ai été heureux.

« S'échanger des textes fameux, quel plaisir ! »

Qu'est-ce donc qui vous plaisait dans cette vie de bohème ?

Ah, mon fils, s'arrêter après une journée de marche, rencontrer d'autres compagnons, échanger les textes fameux de ceux qui s'étaient fait un nom : Bernier, Bodel, Rutebeuf, mais aussi des histoires anonymes, quel plaisir ! Ou bien découvrir des poèmes inconnus, **les apprendre par cœur** pour les réciter plus tard, se les répéter au rythme de la marche, et le soir, les agrémenter de touches personnelles ou encore, inventer un passage quand la mémoire fait défaut.

Les auditeurs sont-ils bon public ?

Il faut capter leur attention, d'abord établir un contact avec eux puis raconter une histoire originale, jouer un intermède à la vielle (instrument de musique à corde, actionné par une manivelle), faire quelques pitreries au besoin, changer le ton, interpeller l'un ou l'autre, distraire avant tout, susciter le rire qui guérit de bien des maux, mais aussi, de temps en temps, faire réfléchir. Voilà la mission du jongleur et le rôle du fabliau ! Cortebarbe le disait déjà : « Fabliaux sont bons à écouter : ils font oublier mainte peine, mainte douleur et maint ennui. »

Receviez-vous chaque fois un salaire satisfaisant ?

Eh bien, fils, c'était variable. Si le seigneur est riche et que tu l'as bien distrait, tu as de quoi boire et manger tant que tu veux et tu reçois aussi une pièce ou deux. Quand c'était le cas, je les mettais de côté pour notre famille, bien sûr. Si l'assemblée est modeste ou si le seigneur est chagrin car il a fait mauvaise chasse, tu repars le ventre presque vide, maugréant contre tant de mauvaise grâce !

On dit que les fabliaux ont moins de succès aujourd'hui. Est-ce vrai ?

On prétend en effet que depuis Rutebeuf, la veine s'épuise... Toutefois, même en ce début de XIVe siècle, je suis persuadé que les jongleurs ont encore de beaux jours devant eux. Bon, au travail !

> ***« Si le seigneur est chagrin, tu repars le ventre presque vide. »***

Quels fabliaux allez-vous m'apprendre aujourd'hui ?

J'en ai retenu quatre qui te montreront les défauts du genre humain : *Les Perdrix*, *Un jongleur en enfer*, *Le Cupide et l'Envieux* et *La Couverture partagée*. ■

La France au temps des fabliaux

◆ Trois siècles de croisades

Le Moyen Âge couvre presque dix siècles (du ve au xve). La période des fabliaux s'étend du xiie au tout début du xive siècle. Ces trois siècles sont jalonnés par les croisades. Ce sont des expéditions militaires, menées pour des raisons religieuses, politiques et économiques, et organisées pour délivrer la Terre Sainte occupée par les infidèles, les Sarrasins. Entre 1096 et 1270, il y en a eu huit !

> *« Entre 1096 et 1270, il y a eu huit croisades. »*

◆ Une société en évolution

La société féodale repose sur les liens qui unissent un suzerain à son vassal : celui-ci doit obéissance au suzerain qui, en échange, le protège. Le suzerain lui-même est le vassal d'un suzerain plus puissant, et ainsi de suite jusqu'au roi de France. Au xiiie siècle, l'essor des villes remet en question cette organisation car les bourgeois obtiennent des privilèges qui concurrencent les pouvoirs seigneuriaux.

Les clercs, personnes instruites, sont au centre de la vie intellectuelle jusqu'à

Date	Littérature	Histoire
1090		1re croisade
1147		2e croisade
1159	Premier fabliau : *Richeut*	
1174	Premiers épisodes du *Roman de Renart*. Chrétien de Troyes, *Le Chevalier à la charrette* et *Le Chevalier au lion*	
1180-1223	Fin xiie siècle : Bodel, *Le Vilain de Bailleul, Brunain et Blérain*	Philippe Auguste, roi de France. 1189 : 3e croisade 1202-1204 : 4e croisade 1217-1221 : 5e croisade
	Fabliaux : *Estula, Le Vilain Mire, Les Perdrix, Les Trois Bossus*	

la création des premières universités. Sorbon sera le premier directeur de l'université de Paris, fondée en 1257, plus tard appelée « Sorbonne » (nom qu'elle porte encore aujourd'hui).

◆ L'amour et le rire à l'honneur

Le XIIe siècle voit l'essor de la littérature courtoise, centrée sur l'amour : Chrétien de Troyes (1130-1190) compose *Lancelot ou le Chevalier à la charrette* et *Yvain ou le Chevalier au lion*.

Au début du XIIIe siècle naissent de nouvelles formes littéraires, centrées sur la réalité et le rire ; les fabliaux se propagent et les principaux épisodes du *Roman de Renart* sont inventés. À la même époque, le théâtre abandonne les thèmes religieux et se tourne vers la farce, dont le précurseur est Adam de la Halle avec, notamment, le *Jeu de la Feuillée*, présenté en 1262. ■

« *Au début du XIIIe siècle naissent de nouvelles formes littéraires.* »

Derniers épisodes du *Roman de Renart*

Les Trois Aveugles de Compiègne. La Vieille qui graissa la patte au chevalier

Rutebeuf, *Le Testament de l'âne*

XIVe siècle Derniers fabliaux, J. de Condé, W. de Gouvin

1223-1226	*1228-1270*	*1270-1285*	*1285-1314*
Règne de Louis VII 1223-1229 : 6e croisade	Règne de Louis IX (Saint Louis) 1250 : Échec de la 7e croisade, Saint Louis fait prisonnier	Philippe III le Hardi, roi de France	Philippe IV le Bel, roi de France

Qui sont les personnages ?

Le vilain

Dans certains fabliaux, ce paysan plein de malice trouve toujours une ruse pour se tirer d'un mauvais pas. Dans d'autres, il est sot et naïf.

➨ *Saura-t-il tirer la morale de l'histoire ?*

La femme

Qu'elle soit paysanne, bourgeoise ou fille de chevalier, elle est rusée, pleine de malice, toujours prête à mentir et à tromper !

➨ *Fait-elle toujours la loi dans son ménage ?*

Le curé

Très influente au Moyen Âge, l'Église est bien représentée dans les fabliaux. Le curé est souvent cupide et gourmand, et il fait bien rire.

➨ *N'est-il pas piégé par ses défauts ?*

Le bourgeois

Le bourgeois est un bon commerçant et un voisin estimé. Il a une vie agréable.

➨ *Bien marier ses enfants, est-ce toujours bien sage ?*

Le saint

C'est un personnage qui intervient souvent dans les fabliaux : saint Pierre, saint Martin...

➨ *Que ne ferait-il pas pour sauver des âmes ?*

Le diable

Il fait peur à tous. Lui aussi parle et agit comme s'il était un homme.

➨ *Est-il toujours vainqueur ?*

Lire

Les Perdrix

Un jongleur en enfer

Le Cupide et l'Envieux
de Jean Bodel

La Couverture partagée
de Bernier

Les Perdrix

Puisque j'ai pour habitude de vous dire des fabliaux, je veux, au lieu d'une fable[1], vous raconter une aventure vraie, celle d'un vilain qui prit par hasard deux perdrix au pied de sa haie. Il les prépara avec grand soin et demanda à sa femme de les cuire ; elle faisait cela très bien !

Elle veille sur le feu, elle tourne la broche. Le vilain, lui, pendant ce temps, sort en courant inviter le curé. Mais il tarde tant à revenir que les perdrix sont cuites. Sa femme les retire de la broche et goûte un peu de peau, car elle était gourmande – quand Dieu se montrait favorable, elle ne souhaitait pas être riche mais préférait satisfaire tous ses désirs. Elle s'attaque donc à une perdrix et lui mange les deux ailes !

Puis elle va au milieu de la rue pour voir si son mari revient et, ne le voyant pas, elle rentre chez elle. Malheur au morceau de perdrix qui reste ! Elle se met à penser et se dit qu'elle en mangerait bien encore. Elle sait très bien ce qu'elle dira, si on lui demande ce que les perdrix sont devenues : elle dira que les chats sont venus et qu'ils les lui ont arrachées des mains, en emportant chacun un morceau ! C'est ainsi qu'elle s'en tirera !

Elle retourne se planter au milieu de la rue pour guetter son mari. Mais elle ne le voit toujours pas venir et sa langue se met à frémir d'envie. Elle pense à la perdrix qu'elle a laissée. Elle deviendra enragée si elle ne peut en prendre encore un petit morceau. Elle rentre et

Le vilain

Vient du latin *villanus*, habitant de la campagne. Au Moyen Âge, c'était un paysan libre. Mais les vilains avaient mauvaise réputation, d'où le sens de « méprisable », « méchant », « malhonnête ». Ensuite, le mot a signifié « laid », « désagréable à voir ». Ce sens péjoratif reste dans certaines expressions comme « jeu de main, jeu de vilain ».

Ci-contre : miniature du Moyen Âge (vers 1270).

1. Histoire inventée.

détache le cou délicatement et le savoure avec délectation[1]. Elle s'en pourlèche les doigts. « Hélas ! dit-elle, que ferai-je si je mange tout ? Que vais-je trouver comme excuse ?… Mais comment ne pas manger le reste ? J'en ai vraiment trop grande envie. Advienne que pourra ! Il faut que je la mange tout entière. » L'attente dure si longtemps que la dame expédie[2] les deux perdrix !

Dès qu'il approche de la maison, le vilain se met à crier :

« Femme, elles sont cuites, ces perdrix ?

– Sire, dit-elle, rien de pire ne pouvait arriver : les chats les ont mangées ! »

Le vilain se précipite à l'intérieur ; il est comme enragé, il veut lui arracher les yeux, mais elle hurle :

« C'était pour rire ! C'était pour rire ! Fuyez, suppôt de Satan[3] ! Je les ai couvertes pour les tenir au chaud !

– Je vous aurais chanté de belles laudes, dit le vilain, par la foi que je dois à saint Ladre[4]. Allons, mon hanap[5] de bois, la plus belle nappe blanche, je vais mettre la table sous la treille[6], là-bas dans le pré.

– Eh ! n'oubliez pas votre couteau, il a grand besoin d'être aiguisé, affûtez-le[7] sur la pierre dans la cour. »

Le vilain sort en courant, le couteau à la main.

Or, voici que le chapelain[8] arrive. Il venait pour manger. Il se dirige vers la dame et la salue aimablement. Mais elle lui crie :

« Sire, fuyez, fuyez, je ne voudrais pas qu'il vous arrive malheur ! Mon mari est allé dehors aiguiser son grand couteau et il a dit qu'il vous trancherait les couilles[9] si jamais il vous attrapait !

Par tous les saints

Au Moyen Âge, la religion est très présente. Aussi invoque-t-on souvent les saints ou Dieu, qui sont pris comme témoins ou appelés au secours dans toutes les situations difficiles.

1. Un plaisir extrême.
2. Finit.
3. Serviteur du diable.
4. Prière de louanges. Ici, de façon ironique, « je vous aurais sonné les cloches ».
5. Gobelet
6. Vigne montante.
7. Aiguisez-le.
8. Curé.
9. Mot familier de nos jours mais expression usuelle et non vulgaire au Moyen Âge où l'on appelait un chat un chat.

– Souviens-toi de Dieu[10], dit le prêtre. Qu'est-ce que tu me racontes ? Ton mari m'a invité à manger deux perdrix qu'il a prises ce matin. »

Elle répond :

« Par saint Martin, il n'y a ni oiseau, ni perdrix ici ! Je serais bien contente de vous les voir manger, mais je serais bien contrariée qu'il vous arrive malheur. Regardez donc là-bas, comme il aiguise son couteau !

– Je le vois, par mon chapeau, je crois bien que tu dis vrai. »

Il ne reste pas plus longtemps et s'enfuit à toute allure, tandis que la femme hurle :

« À la bonne heure ! Venez vite, sire Gombaut, venez vite !

– Qu'as-tu, dit-il, Dieu te garde !

– Ce que j'ai ? Vous le saurez bien assez tôt ! Mais si vous ne pouvez faire la course, vous y perdrez beaucoup, car, comme je le crois, par la foi que je vous dois, le prêtre emporte vos perdrix ! »

Le bonhomme est plein de fureur et, brandissant son couteau, il court après le chapelain. Quand il le voit, il l'interpelle : « Vous ne les emporterez pas ainsi ! » Il hurle à pleins poumons : « Elles sont toutes chaudes ! Si je vous attrape, vous les laisserez ici. Vous seriez un mauvais compère si vous les mangiez sans moi ! »

Le prêtre regarde derrière lui et voit accourir le vilain. En apercevant le couteau dans sa main, il se croit déjà mort ! Il se met à courir de plus belle. Le vilain, lui, qui croit pouvoir récupérer ses perdrix, accélère encore. Mais le prêtre a de l'avance, il s'est déjà enfermé dans sa maison.

10. Reprends tes esprits.

Le vilain s'en retourne chez lui et interroge sa femme :

« Femme, il va falloir que tu m'expliques comment il t'a pris les perdrix.

– Que Dieu me vienne en aide ! répond-elle. Dès qu'il est arrivé, il m'a suppliée, si j'avais de l'amitié pour lui, de lui montrer les perdrix, en disant qu'il aurait plaisir à les voir. Je le mène directement à l'endroit où je les gardais au chaud. Alors aussitôt, de ses mains il les a saisies et puis s'est enfui avec elles ! Je ne l'ai pas suivi, je vous ai averti aussitôt !

– Tu dis peut-être la vérité, conclut le vilain, laissons le curé où il est. »

Ainsi furent dupés[1] le prêtre et Gombaut qui avait attrapé les perdrix.

Ce fabliau est un bon exemple pour montrer que la femme est faite pour tromper : avec elle, le mensonge devient vérité et la vérité devient mensonge !

Celui qui fit ce fabliau n'ajoutera rien. C'est ici que se termine le dit[2] des perdrix.

1. Trompés.
2. L'histoire.

Pause lecture 1

Les Perdrix

La gourmandise est un vilain défaut

À chacun ses défauts...

Avez-vous bien lu ?

Quel est le défaut de la femme du vilain ?

❏ Affamée.
❏ En colère contre son mari.
❏ Gourmande.

Le vilain

1 Pourquoi le vilain prépare-t-il les perdrix « avec grand soin » (l. 4) avant de les donner à sa femme pour qu'elle les cuise ?

2 Pourquoi le vilain court-il inviter le curé : par amitié ou par orgueil ?

Le curé

3 Le curé s'est-il fait prier pour aller chez le vilain ? Quel défaut a-t-il ? Quel autre défaut est révélé par sa fuite devant le vilain qui le poursuit ?

4 Comment réagit-il lorsque la femme lui déclare que son mari lui veut du mal ? Quel est le défaut qui consiste à croire trop rapidement ce que quelqu'un raconte ?

Gros plan sur la femme du vilain

Avez-vous bien lu ?

Pourquoi la femme du vilain mange-t-elle les deux perdrix ?

❏ Uniquement par gourmandise.

❏ Par faim.

❏ Parce que son mari tarde à revenir et qu'elle est gourmande.

La gourmande...

1 Pourquoi la femme vérifie-t-elle sans cesse que son mari n'arrive pas ? Veut-elle profiter de son absence pour déguster les perdrix ou bien a-t-elle peur de lui ?

2 Quelle explication compte-t-elle donner si son mari l'interroge sur la disparition des perdrix ? N'est-ce pas risqué ? Que peut faire le mari ?

... et sa gourmandise

3 En combien de fois la femme mange-t-elle la première perdrix ? et la seconde ? Relevez tous les mots ou expressions qui évoquent le bonheur de la femme lorsqu'elle savoure les deux perdrix.

4 Lutte-t-elle contre sa gourmandise ? Quel avertissement avait donné le narrateur ?

Un défaut peut en cacher un autre

Avez-vous bien lu ?

Quelle est la morale tirée par le narrateur ?

- ❏ Toutes les femmes sont menteuses.
- ❏ Toutes les femmes sont bonnes cuisinières.
- ❏ Toutes les femmes sont gourmandes.

Cacher son forfait à tout prix !

1 En quoi les paroles du vilain (lignes 79 à 82) sont-elles à double sens ? Que veut dire le vilain ? Comment le curé comprend-il ces paroles ? Comment appelle-t-on ce type de dialogue ?

2 Comment la femme du vilain se tire-t-elle de ce mauvais pas : par sa ruse et ses mensonges ou par la bêtise et la crédulité de son mari et du curé ?

La morale du fabliau

3 Quel défaut est dénoncé dans la conclusion de ce fabliau ? La conclusion vous paraît-elle en accord avec l'histoire racontée ?

4 Que nous révèle cette « morale » sur la façon dont étaient considérées les femmes au Moyen Âge ?

Vers l'expression

Vocabulaire

1. Associez un aliment à chacune des quatre saveurs : sucré, salé, amer, acide.
vinaigre – citron – miel – café – caramel – endive – poire.

2. a. À quel sens est associé la gourmandise ?
b. Classez les verbes suivants en fonction du sens concerné :
ouïe, vue, toucher, goût, odorat.
contempler – caresser – renifler – entendre – flairer – savourer – écouter – admirer – goûter – tâter – déguster – apercevoir – effleurer – sonner – empester.

3. Classez ces adjectifs du pire au meilleur.
a. agréable – immangeable – exquis.
b. passable – délicieux – infect.
c. succulent – correct – mauvais.

À vous de jouer

Écrivez.

Il vous est arrivé d'inventer toute une série de mensonges pour dissimuler ce que vous aviez fait. Présentez la situation, racontez l'inévitable enchaînement de mensonges et les réactions de votre entourage.

Organisez un débat.

Par équipes de deux, imaginez une discussion à propos de la gourmandise. Quelles sont ses causes ? Quelles peuvent être ses conséquences sur la santé ?

Du texte à l'image

Observez le tableau → voir dossier images p. I

Les Sept Péchés capitaux, détail : « la gourmandise », Jérôme Bosch, 1480.

1 Combien de personnages sont représentés ? Décrivez leurs costumes.

2 Précisez pour chacun d'eux ce qu'il est en train de faire.

3 Comment la pièce est-elle meublée ? Où se trouvent les objets ? Donnez plusieurs indices qui prouvent le désordre qui règne dans cet intérieur.

4 Quel défaut est présenté dans ce tableau ? Par quels personnages ? Quelles conséquences physiques de ce défaut sont ici illustrées ?

5 Que pensez-vous de l'exemple donné à l'enfant ?

6 Recherchez quels sont les six autres péchés capitaux.

Un Jongleur en enfer

Qui se flatte de bien conter sait trouver les mots qu'il faut... On ne saurait s'en étonner.

Il y avait jadis à Sens un jongleur qui était très pauvre, je ne sais plus son nom, mais souvent il se faisait plumer[1] au jeu ; il allait donc souvent sans sa vielle[2] et même sans chaussures ni manteau, si bien qu'il grelottait, en chemise, lorsque soufflaient le vent et la bise[3]. Ne croyez pas que je vous mente, il allait bien souvent pieds nus, et s'il avait parfois des chaussures, elles étaient ou trouées ou fendues. Il errait dans ses pauvres hardes[4]. Il aimait les dés et la taverne[5], c'est là qu'il gaspillait ses gains[6].

Il aurait voulu que tous les jours soient fête. Ainsi menait-il folle vie, toujours en état de péché. Mais, un jour, il mourut.

Les diables cherchent toujours des âmes à tromper et à prendre. Resté un mois hors de l'enfer, l'un d'eux rentrait bredouille[7]. Quand il vit mourir le jongleur, il courut s'emparer de son âme. Personne ne vint lui disputer cette âme de pécheur. Il la jeta sur ses épaules et s'en alla bien vite.

Ses compagnons, en parcourant le pays, avaient fait beaucoup de conquêtes : l'un rapportait un champion, l'autre un prêtre, un autre encore un larron[8], qui un moine, qui un évêque et même un chevalier, tous surpris par la mort en état de péché mortel. Tous retournent ensemble en enfer trouver leur maître

Ci-contre :
Gueule d'enfer, miniature (1394)

1. Dépouiller de tous ses biens.
2. Instrument de musique.
3. Vent d'hiver très froid.
4. Vêtements.
5. Ancien lieu, peu recommandable, où l'on mangeait et buvait.
6. L'argent qu'il avait gagné.
7. Sans rien.
8. Voleur.

Lucifer. Quand il les voit si chargés, il leur dit : « Par ma foi, soyez les bienvenus, vous n'avez pas chômé[1] ! Ces pécheurs seront mal logés. » Et en effet, ils furent jetés dans la chaudière.

« Seigneurs, leur dit-il, d'après ce que j'ai vu, vous ne m'avez pas tous présenté les âmes que vous avez attrapées.

– Nous sommes tous là, Sire, sauf un seul, un imbécile qui ne sait pas gagner les âmes ni les tromper. »

Alors, ils virent venir celui qui portait sur le dos le jongleur en haillons. Il le posa par terre. Le maître demanda au jongleur :

« Vassal[2], qu'étais-tu sur terre ? un ribaud[3] ? un traître ? un larron ?

– Rien de tout cela, dit l'autre, j'étais jongleur. Toute ma fortune est sur mon dos, mon corps a souffert la froidure[4] et j'ai entendu dire bien des paroles dures. Puisque je suis logé ici, je chanterai pour vous, si vous voulez ?

– De tes chants nous n'avons que faire, tu devras changer de métier. Mais, puisque tu es presque nu, si pauvrement vêtu, tu veilleras au feu sous la chaudière.

– Volontiers, dit le jongleur. Par saint Pierre, j'ai grand besoin de me réchauffer ! »

Il alla s'asseoir près du foyer, entretint le feu et se chauffa tout son content[5].

Un jour, les diables se rassemblèrent au grand complet car ils devaient sortir de l'enfer pour conquérir des âmes par toute la terre. Lucifer vint près du jongleur qui entretenait le feu nuit et jour.

Lucifer

C'est l'un des nombreux noms donnés au diable (Satan, Belzébuth, le Malin...). Il vient de *lux*, « lumière », et *ferre*, « porter » : « porteur de lumière ». Par orgueil et par volonté de puissance, Lucifer a voulu devenir l'égal de Dieu et s'est révolté contre lui.

1. Vous avez bien travaillé.
2. Personne soumise au seigneur.
3. Débauché.
4. Le froid.
5. Tant qu'il put.

« Jongleur, écoute, je te confie toutes mes âmes, tu m'en répondras[6] sur tes yeux, car je te crèverai les deux. Si tu m'en perds une seule, je te pendrai.

– Sire, dit-il, partez tranquille, je les garderai loyalement[7], je ferai de mon mieux et vous rendrai toutes vos âmes.

– Tu es responsable, et sache que si tu ne tiens pas ta parole, je te mangerai tout vif. Au contraire, si tu n'as pas failli[8], je te ferai servir un moine bien gras et bien rôti. »

Sur ces mots, tous les diables s'en allèrent et laissèrent le jongleur près de son feu.

Écoutez ce qui lui arriva, quel bon tour saint Pierre lui joua. L'apôtre entra en enfer déguisé en mendiant, barbe noire et moustaches tressées. Il entra seul avec un brelan[9] et trois dés. Il s'assit tranquillement près du jongleur et lui dit : « Ami, veux-tu jouer ? Vois le brelan pour une partie de dés, mes trois dés ne sont pas pipés[10] ; tu pourrais facilement gagner quelques esterlins[11] ! »

Il lui montra la bourse où étaient les esterlins. « Sire, répondit le jongleur, je jure par Dieu, en toute franchise, que je n'ai rien sinon ma chemise. Au nom de Dieu, allez-vous-en car je n'ai pas du tout d'argent. »

Saint Pierre lui dit :

« Beau doux ami, mets en jeu cinq ou six âmes !

– Je n'oserai, repartit le jongleur. Si j'en perdais une seule, mon maître me battrait et me mangerait tout cru !

– Qui le lui dira ? reprit saint Pierre. Il n'est pas à vingt âmes près ! Vois cet argent tout beau, tout fin,

Saint Pierre

Apôtre qui suivit le Christ et reçut la responsabilité de l'Église. La croyance populaire le vénère comme celui qui détient les clés du paradis. Il fut le premier responsable de l'Église à Rome, le premier pape.

6. Tu en es responsable.
7. Fidèlement.
8. Si tu as bien agi.
9. Au XIIe siècle, tablette pour jouer aux dés.
10. Truqués.
11. Monnaie en cours au Moyen Âge.

gagne-moi donc ces esterlins ! Voilà vingt sous de mise[1]. Toi, mise[2] autant d'âmes ! »

Quand le jongleur vit l'argent, il fut empli de convoitise[3]. Il prit les dés, les fit rouler dans sa main et proposa à saint Pierre :

« Jouons donc, je tente ma chance. Une âme par coup, mais rien de plus !

– C'est trop peu, mets-en deux, répondit l'autre, et le gagnant relance d'une[4] !

– C'est entendu », dit le jongleur.

Les voilà assis tous les deux non loin de la fournaise[5]. Saint Pierre jette les dés. « Huit, annonce saint Pierre. Si ton coup est de six points, c'est trois âmes pour moi ! »

Le jongleur totalise trois, deux et as.

« Tu as perdu, dit saint Pierre.

– Oui, j'ai perdu, par saint Denis. Que les trois suivants vaillent six ! »

L'apôtre joue et gagne encore.

« Tu me dois neuf !

– C'est juste, dit l'autre. Si je relance, tiendrez-vous ?

– Oui, dit saint Pierre, par ma foi.

– Je dois neuf, ce coup vaudra douze.

– Regarde, je vois le coup de six, tu me dois trois plus neuf plus douze, ça fait vingt et une âmes !

– Par la tête de Dieu, jamais une telle chose ne m'est arrivée au jeu ! Par la foi que vous me devez, jouez-vous avec quatre dés, ou bien vos dés sont-ils pipés ? Je veux jouer à quitte ou double !

– Ami, par le Saint-Esprit, on fera comme tu voudras ! En un coup ou en deux ?

1. Somme mise en jeu et qui sera emportée par le vainqueur.
2. Mets en jeu.
3. Envie de posséder.
4. En a trois.
5. Du feu.

– En un coup et ce sera pour vingt et une âmes ou pour quarante-deux.

– Que Dieu m'aide ! », dit saint Pierre.

Les dés tombent sur le brelan.

« Ton coup ne vaut pas un merlan[6] ! dit saint Pierre, tu as perdu ! J'ai de la chance, aujourd'hui. Tu me dois quarante-deux âmes.

– Par le cœur de Dieu, jamais je n'ai vu un tel jeu ! Par tous les saints qui sont à Rome, vous me trompez à tous les coups.

– Joue donc, dit saint Pierre.

– Ce n'est pas possible, dit le jongleur, vous trichez ! Je vous prends pour un franc[7] larron, vous ne pouvez vous empêcher de truquer ou de tourner les dés. »

Saint Pierre l'entend et se met en colère :

« Que Dieu me sauve, tu es un menteur ! C'est bien l'habitude des ribauds de dire qu'on a truqué les dés quand ils commencent à perdre ! Malheur à celui qui m'accuse ! Si tu me prends pour un larron, c'est que tu es un vrai fripon. J'ai bien envie, par saint Marcel, de te caresser le museau[8] !

– Oui, oui, vous êtes un larron, monsieur le vieillard qui voulez tricher au jeu ! Vous n'emporterez pas un denier[9] ! »

Il bondit sur les esterlins mais saint Pierre sans plus attendre saisit le jongleur par les flancs et celui-ci laisse tomber, bien à regret, l'argent qu'il avait pris. Le jongleur empoigne alors la barbe de saint Pierre, la tire aussi fort qu'il peut. Quant à saint Pierre, il déchire la chemise de l'autre jusqu'à la taille.

Le jeu de dés

Les joueurs totalisent le nombre de points qui apparaissent sur les dés. Au premier tour, le jongleur perd trois âmes. Il les remet en jeu pour le deuxième tour en disant que, s'il perd, il en donnera six. Il perd, il doit donc les trois âmes du tour précédent, plus six âmes, soit neuf âmes. Pour le troisième tour, il remet en jeu les neuf âmes et promet d'en donner douze s'il perd. Il perd. Il doit donc : 3 + 9 + 12 = 21 âmes. Pour le quatrième tour, le jongleur décide de jouer à quitte ou double : soit il perd vingt et une âmes, soit il en gagne quarante-deux. Il perd !

6. Ne vaut rien.
7. Fameux.
8. Frapper.
9. Sou.

Ils se sont battus, frappés, écharpés à qui mieux mieux[1], mais le jongleur voit bien qu'il ne fait pas le poids. S'il continue la bagarre, c'est sa chemise qu'il laissera.

« Sire, dit-il, faisons la paix, nous nous sommes suffisamment étrillés[2]. Reprenons le jeu, en toute amitié, si cela vous plaît aussi.

– Je t'en veux, répond saint Pierre, de m'avoir traité de larron.

– Sire, j'étais devenu comme fou, je regrette, n'en doutez pas, mais vous avez fait pire en déchirant ma chemise ! »

Saint Pierre en convient et ils échangent un baiser de paix. « En tout cas, tu me dois quarante-deux âmes… »

Ils continuent la partie qui dure un long moment.

Saint Pierre a si bien joué qu'il a gagné toutes les âmes de l'enfer. Il les fait sortir et les conduit au paradis. Le jongleur est ahuri, plein de colère et de dépit[3].

Voilà les diables qui reviennent. Quand Lucifer fut en sa maison, il regarda tout autour de lui et ne vit pas une âme, ni derrière, ni devant, ni dans la chaudière, ni dans le fourneau ; il appela le jongleur :

« Dis-moi, où sont donc les âmes que je t'avais laissées en garde ?

– Sire, je vais vous le dire. Pour Dieu, ayez pitié de moi ! Il y a quelque temps, un vieillard s'est approché de moi, il apportait beaucoup d'argent et j'ai cru pouvoir le gagner. Nous avons joué, lui et moi. Mais tout a mal tourné pour moi, car ses dés étaient pipés, le traître, le déloyal, et j'ai perdu toutes vos âmes. »

1. Autant qu'ils ont pu.
2. Battus.
3. Déception.

Quand Lucifer entendit ces mots, il s'en fallut de peu qu'il ne le jette au feu[4]. « Fils de p..., ta jonglerie me coûte cher. Maudit soit celui qui t'apporta ici, il me le paiera, par mon bonnet ! »

On alla tout droit chercher le pauvre diable qui l'avait amené. On le battit, le rossa[5] et lui fit promettre de ne jamais plus rapporter ni ribaud, ni jongleur, ni joueur de dés. Quant au jongleur, il reçut tant de coups qu'il jura par ses grands dieux qu'il ne jouerait plus jamais.

Lucifer lui ordonna alors : « Bel ami, videz[6] mon hôtel, je hais votre jonglerie car j'y ai perdu ma maisnie[7]. Videz les lieux, c'est un ordre, car je n'ai cure[8] de tels serviteurs ! Que les jongleurs aillent leur chemin. Que Dieu les prenne. Il aime la joie. Allez à Dieu, peu m'importe ! »

L'autre s'enfuit à toute allure, et puisque le diable l'avait chassé, il alla tout droit au paradis. Quand saint Pierre l'aperçut, il s'empressa de lui ouvrir la porte et le reçut richement.

Que désormais les jongleurs fassent la fête comme ils veulent, il n'y a plus d'enfer pour eux : celui qui perdit un jour les âmes aux dés les en a complètement délivrés !

4. Il faillit le jeter au feu.
5. Frappa.
6. Quittez rapidement.
7. Ma maison et mon personnel.
8. Je n'ai pas besoin.

Pause lecture 2

Un Jongleur en enfer

Quand la passion du jeu égare un jongleur...

Vie et mort d'un jongleur lignes 1 à 53

Avez-vous bien lu ?

Pourquoi le jongleur est-il pauvre ?

- ❑ Parce qu'il gagne mal sa vie.
- ❑ Parce qu'on lui a volé tout son argent.
- ❑ Parce qu'il joue beaucoup et perd souvent.

La passion du jeu

1 Qu'aime faire le jongleur ? Quel est son idéal de vie ? Quel verbe indique que le narrateur désapprouve le jeu ?

Une vie misérable

2 Comment le jongleur est-il habillé ? Quel accessoire, pourtant indispensable à son métier, perd-il souvent au jeu ? Quelle est la conséquence de cette perte ?

Le châtiment : l'enfer

3 Comment le jongleur se présente-t-il à Lucifer ? Que veut-il faire pour lui ? Sa proposition est-elle acceptée ?

4 À quoi va l'employer le maître de l'enfer ? Le jongleur est-il satisfait de son sort ? Pourquoi ?

Une partie de dés infernale ! lignes 54 à 165

Avez-vous bien lu ?

Pourquoi saint Pierre a-t-il joué avec le jongleur ?

❑ Pour gagner de l'argent.
❑ Pour sauver des âmes.
❑ Pour punir le jongleur d'avoir joué toute sa vie durant.

La tentation

1 Comment saint Pierre tente-t-il le jongleur ? Pourquoi le jongleur hésite-t-il ? Quel argument de saint Pierre réussit à le convaincre ? Que refuse-t-il toutefois ?

Les parties de dés

2 Que mise le jongleur ? Est-ce que cette mise lui appartient ?

3 De quoi le jongleur accuse-t-il saint Pierre ? Que révèle cette attitude ?

La querelle

4 Que font les personnages à la fin des parties de dés ? De la part de quel personnage ce comportement est-il surprenant ? Pourquoi ?

Qui perd gagne lignes 166 à 200

Avez-vous bien lu ?

À quoi le jongleur est-il condamné ?

- ❏ À aller au paradis.
- ❏ À retrouver toutes les âmes dérobées par saint Pierre.
- ❏ À revenir sur terre.

La confession d'un joueur

1 Comment le jongleur explique-t-il sa défaite ? Est-ce la vérité ? Quel châtiment évite-t-il de justesse ?

La sentence de Lucifer

2 Qui précisément est condamné par Lucifer : le joueur ou le jongleur ? Citez le texte pour justifier votre réponse

Tous les jongleurs au paradis

3 Comment saint Pierre reçoit-il le jongleur ? Le jongleur a-t-il mérité le paradis ? Pourquoi ? Pour quelle raison s'y trouve-t-il ?

4 Pour qui l'histoire se termine-t-elle bien ? À votre avis, quelle est la morale de ce fabliau ?

Vers l'expression

Vocabulaire

1. **Il existe beaucoup de jeux. Citez un ou deux exemples pour chaque catégorie suivante :**
- jeu d'adresse ;
- jeu de balle ;
- jeu de poursuite ;
- jeu de société ;
- jeu d'esprit ;
- jeu d'argent.

2. **Trouvez un synonyme à chacune des expressions en gras.**
- Il **a étalé son jeu** en une seule fois.
- Il n'a **pas joué le jeu.**
- Ce comédien **a un jeu** brillant.
- Il est très **vieux jeu.**
- Il **met sa vie en jeu.**

À vous de jouer

Écrivez un dialogue.

Avec un camarade, vous décidez de jouer à un jeu de société. Au cours de la partie, il vous accuse de tricherie... Racontez ses accusations et vos réactions dans un dialogue.

Organisez un débat.

Le jongleur est-il guéri du jeu ou bien emporte-t-il ses dés... au paradis ?

Du texte à l'image

Observez la miniature → voir dossier images p. II

L'Enfer, miniature du Moyen Âge.

1. Décrivez la créature au centre de la miniature. En quoi est-elle monstrueuse ? Qui est-elle ?
2. Par qui est-elle aidée ? À quels animaux ressemblent ses serviteurs ?
3. Comment est représenté l'Enfer ? De quelles couleurs sont Lucifer et ses aides ? Pourquoi ?
4. Que représentent tous les corps blancs et qu'en fait-on ?
5. Qu'expriment leurs visages ? Peuvent-ils s'enfuir ?
6. Pourquoi donner cette vision de l'Enfer ?

Le Cupide et l'Envieux

Jean Bodel

Jean Bodel

On attribue neuf fabliaux à Jean Bodel. Ce jongleur est probablement né à Arras, berceau des fabliaux, vers 1167. Il est mort de la lèpre en 1209 ou 1210.

SEIGNEURS, APRÈS AVOIR DIT des récits imaginaires, je veux m'appliquer maintenant à dire des histoires véridiques[1], car celui qui ne dit que des fables[2] n'est pas un conteur digne de s'adresser à si noble public s'il ne sait dire la vérité avec le mensonge. Mais celui qui s'y connaît dans l'art de conter doit, entre deux récits légers, rapporter une histoire sérieuse.

C'est vérité sûre qu'il y a cent ans passés, vivaient deux compagnons qui menaient fort mauvaise vie. L'un était si plein d'envie[3] que personne ne pouvait l'égaler, et l'autre, si plein de cupidité[4] que rien ne pouvait le satisfaire. Ce dernier était sans doute le pire, car la cupidité est ainsi faite qu'elle avilit[5] maintes[6] personnes. Cupidité prête en pratiquant l'usure[7] et triche sur les mesures[8] pour avoir encore plus ! Envie est mauvaise aussi, car elle excite tout le monde.

Un jour, Envieux et Cupide chevauchaient ensemble quand ils rencontrèrent, dans la campagne, saint Martin[9]. Le saint se rendit vite compte des mauvaises intentions[10] qui étaient enracinées dans leurs cœurs. C'est alors qu'ils arrivèrent à une chapelle qui séparait deux chemins très fréquentés. Saint Martin interpella ces hommes qui faisaient si vilain métier[11]. « Seigneurs,

1. Vraies.
2. Histoires inventées.
3. Désir de posséder ce que les autres ont.
4. Volonté de gagner beaucoup d'argent.
5. Abaisse.
6. Beaucoup de.
7. En prêtant de l'argent à un taux d'intérêt excessif.
8. Moyens.
9. Ce saint est considéré comme un modèle de générosité au Moyen Âge, car il avait donné la moitié de son manteau à un pauvre.
10. Pensées.
11. De si mauvaises actions.

dit-il, à cette église je prendrai à droite, mais de moi, saint Martin le prud'homme[1], il est juste que vous receviez un bienfait[2]. Que l'un de vous fasse un souhait, il sera exaucé[3] sur-le-champ, et l'autre, qui n'aura rien dit, recevra aussitôt deux fois plus ! »

Alors, le cupide pensa qu'il allait laisser parler l'autre ; de cette façon, il recevrait de quoi doubler son gain, et c'est ce qu'il souhaitait ardemment. « Demande, toi, mon compagnon, dit-il, tu obtiendras ce que tu veux ! Demande abondamment car si tu fais un bon souhait, tu seras riche toute ta vie. » Mais, l'envieux ne veut pas formuler de souhait, car il mourrait d'envie et de rage si l'autre obtenait plus que lui.

Aussi tous deux restent-ils sans rien demander.

« Qu'attends-tu ? Que le malheur t'arrive ? demande le cupide. J'en aurai le double de toi. Personne ne pourra m'en empêcher ! Demande ou je te battrai plus qu'on ne bat un âne au Pont[4] !

– Sire, lui répond l'envieux, je vais faire ma demande, avant que vous ne me fassiez du mal ! Vous voudriez bien avoir deux fois plus que moi, mais il n'en sera rien, si je le peux ! » Puis, s'adressant à saint Martin : « Je vous demande de perdre un œil et que mon compagnon perde les deux ! Ainsi sera-t-il doublement tourmenté ! »

Saint Martin tint sa promesse : de leurs quatre yeux, ils en perdirent trois et n'eurent rien d'autre. Saint Martin rendit l'un borgne, l'autre aveugle. C'est eux qui l'avaient demandé !

1. L'homme sage.
2. Don.
3. Satisfait.
4. Pont imaginaire, présent dans bien des récits, que les ânes ne franchissaient que sous les coups de bâton.

Ils y perdirent tous deux par leur faute. Maudit soit celui qui en est triste car c'étaient de bien mauvaises personnes !

Pause lecture 3

Le Cupide et l'Envieux

Deux péchés capitaux

Le jongleur et ses personnages lignes 1 à 16

Avez-vous bien lu ?

Qui parle dans le premier paragraphe ?

❏ L'envieux.

❏ Le jongleur.

❏ Le cupide.

Le prologue du jongleur

1 À qui s'adresse l'interpellation « Seigneurs... » ?
Est-ce le premier fabliau que présente le jongleur à ses auditeurs ?
En quoi l'histoire qu'il va raconter s'annonce-t-elle différente des autres ?

2 Quelle expression introduit la présentation des personnages ?
Pour quelle raison le jongleur insiste-t-il autant sur cette caractéristique ?

Des compagnons peu recommandables

3 Y a-t-il plus cupide et plus envieux que les deux personnages ?
Justifiez votre réponse par des expressions du texte.

4 Selon le jongleur, quel est le pire des deux ? Pourquoi ?
Quelle est la valeur du présent de l'indicatif dans le deuxième paragraphe ?

La rencontre avec saint Martin lignes 17 à 47

Avez-vous bien lu ?

Que propose saint Martin aux deux compagnons ?

- ❑ D'exaucer tous leurs désirs.
- ❑ D'exaucer le premier vœu formulé.
- ❑ De satisfaire celui qui fera un souhait et de donner le double à l'autre.

La proposition de saint Martin

1 Que symbolise saint Martin ? Quelle expression du texte montre que le saint a compris les défauts des compagnons ? Pourquoi alors veut-il leur faire un don ?

2 Montrez qu'il est particulièrement difficile pour un envieux et un cupide de répondre à la proposition de saint Martin.

Les souffrances des cœurs mauvais

3 Quelles réflexions soulève la proposition de saint Martin chez le cupide ? et chez l'envieux ? Pourquoi aucun d'eux ne veut-il parler le premier ?

La demande de l'envieux

4 Pourquoi l'envieux cède-t-il ? Par quel sentiment est-il animé au moment de parler ? Quelle demande fait-il ?

Châtiment et morale lignes 48 à 54

Avez-vous bien lu ?

Que demande le jongleur aux auditeurs ?

- ❑ D'éprouver de la pitié pour les compagnons.
- ❑ De ne pas les plaindre.
- ❑ De rire de leurs malheurs.

Un châtiment cruel ?

1. En quoi la demande de l'envieux révèle-t-elle son défaut ?
2. Qu'arrive-t-il aux deux compagnons ? Saint Martin a-t-il tenu sa promesse ? Lequel est le plus sévèrement puni ? Est-ce juste ?

Pas de pitié pour les pécheurs

3. Pourquoi le conteur ne met-il aucune pitié dans le cœur de saint Martin ? Quels défauts sont dénoncés ? De quelles qualités les deux compagnons sont-ils absolument dépourvus ?
4. Comment le conteur a-t-il rendu léger ce récit au sujet profond ?

Vers l'expression

Vocabulaire

1. a. Quelle est la différence d'orthographe entre « pécheur » et « pêcheur » ?

b. Employez le mot qui convient dans les phrases suivantes, que vous recopierez :

– Le cupide et l'envieux sont des ....

– L'association des .... organise un grand concours.

c. Comment appelle-t-on des mots qui se prononcent de la même façon, mais dont le sens est différent ? Citez deux exemples.

À vous de jouer

Comparez un texte original avec sa traduction (l. 10 à 12).

Extrait du manuscrit *Del convoiteus et de l'envieus* en ancien français :

Que li uns est si pleins d'envie
Que nul plus de lui a devise
L'autre si plain de covoitise
Que riens ne li pooit soufire

a. Combien de syllabes compte chacun de ces vers ? Comment appelle-t-on ces vers ?

b. Retrouvez dans la traduction l'équivalent de : *covoitise, pooit.*

c. Relevez trois mots ou expressions qui n'ont pas besoin d'être traduits.

Écrivez la suite de ce récit.

Imaginez une autre fin pour ce fabliau.

Du texte à l'image

Observez la miniature → voir dossier images p. III

Saint Martin,
Miniature du Moyen Âge.

1 Quel geste fait le chevalier au centre ? Avec quoi ?
Comment le manteau est-il mis en relief dans cette miniature ?

2 Qui est ce chevalier ? Quel sentiment son visage reflète-t-il ?

3 Que traduit le regard du personnage debout ? Pourquoi est-il torse nu ?
Que tient-il dans ses mains ?

4 À quoi vous font penser les ornements en haut de la miniature ?

5 Les saints sont souvent associés à certaines activités humaines. Cherchez à quoi sont associés : saint Hubert, sainte Cécile, saint Valentin, sainte Barbe, saint Honoré.

La Couverture partagée

Bernier

AUJOURD'HUI, JE VAIS VOUS RACONTER l'histoire d'un riche bourgeois d'Abbeville[1] qui avait dû quitter sa région avec sa femme et son garçon. Il y avait la guerre et on ne peut vivre tranquillement au milieu des ennemis. Il était donc venu à Paris. Il mena une vie tranquille, fit son hommage au roi et fut son homme[2] et son bourgeois[3]. Il était très sage et très affable[4]. Sa femme était douce et gentille. Quant au garçon, il n'était ni sot, ni discourtois[5] ni mal élevé. Le prud'homme[6] était estimé[7] dans la rue où il habitait. Ses voisins lui parlaient volontiers et le traitaient avec respect. C'est ainsi qu'on gagne l'estime d'autrui : celui qui dit du bien entend du bien, celui qui dit ou fait du mal sera payé de retour, car, on le dit souvent, c'est à l'œuvre qu'on voit l'artisan. Le prud'homme vécut ainsi à Paris plus de sept ans. Il vendait et achetait des denrées[8], et il connaissait son métier. Il menait bien sa barque de commerçant et put ainsi conserver tous ses biens.

Il vécut donc sans aucun souci jusqu'au jour où il perdit sa compagne. Dieu lui enleva la femme qui avait vécu trente ans auprès de lui. Il n'avait d'autre enfant que le garçon dont je vous ai parlé. Le jeune homme fut très affligé[9] par la mort de sa mère, désespéré, même ; il la regrettait beaucoup, elle qui l'avait tendrement aimé. Rien n'apaisait son chagrin. Son père tenta de le

1. Ville de la Somme, dans le nord de la France.
2. Sujet.
3. Commerçant.
4. Aimable.
5. Malpoli.
6. Homme sage et compétent.
7. Apprécié.
8. Produits destinés à l'alimentation.
9. Attristé.

réconforter : « Beau fils, ta mère est morte, prions Dieu qu'il lui pardonne ses péchés ; sèche tes larmes et essuie ton visage. Pleurer ne sert à rien, nous mourrons tous, tu le sais bien. Nul n'échappe à la mort. Mais tu as de bonnes raisons de reprendre espoir. Tu deviens beau bachelier[1], tu es en âge de te marier. Moi, je suis âgé. Si je trouve pour te marier une famille de noble lignage[2], je serai généreux. Car tes amis sont loin. Le jour où tu en auras besoin, ils ne te seront pas d'un grand secours. Si je trouvais femme bien née, bien entourée d'amis et de parents, oncles, tantes, frères et cousins, si j'y voyais ton avantage, je ne regarderais pas à la dépense. »

Or, messeigneurs, je vous le conte comme c'est écrit, il y avait dans le pays trois chevaliers qui étaient frères. Ils étaient de père et de mère hautement apparentés[3] et étaient eux-mêmes très réputés et très estimés pour leurs prouesses aux armes, mais ils n'avaient pas d'héritage, car ils avaient été obligés de mettre en gage[4] leurs terres, leurs forêts et leurs fiefs[5] pour participer à des tournois. Ils avaient déjà emprunté bien trois mille livres[6] à des usuriers[7], ce qui les tracassait et les tourmentait beaucoup. L'aîné, veuf, avait une fille à qui sa mère avait légué une maison à Paris, face à l'hôtel du prud'homme. Les amis de sa mère ne l'avaient pas laissé hypothéquer[8] et elle rapportait par an vingt mille livres parisis[9]. Il suffisait à la jeune fille d'en toucher le loyer.

Le prud'homme vint demander la main de la damoiselle au père et à ses amis. Les chevaliers lui demandèrent quels étaient ses biens, et il le leur dit bien volontiers :

1. Jeune homme.
2. Ascendance.
3. De famille noble.
4. Donner comme garantie de remboursement pour un emprunt.
5. Propriétés.
6. Monnaie du Moyen Âge.
7. Personnes qui prêtent de l'argent contre intérêt.
8. Faire un emprunt en donnant cette maison comme garantie de remboursement.
9. De Paris. Au Moyen Âge, chaque grande ville avait sa propre monnaie.

« En deniers[10] ainsi qu'en marchandises, j'ai quinze mille livres, à cent livres parisis près ; je mentirais si je me vantais d'avoir plus. J'ai loyalement acquis mon bien et j'en donnerai la moitié à mon fils.

– Impossible d'accepter cela, beau sire, répliquèrent les chevaliers. Si vous deveniez templier ou moine blanc ou moine noir, vous laisseriez tout votre avoir[11] au temple ou à l'abbaye. Non, seigneur, non, par ma foi, impossible de toper là[12] !

– Et pourquoi donc ? Dites-le moi.

– Bien volontiers, beau sire. Nous voulons que vous donniez à votre fils tous vos biens, qu'ils soient sa pleine et entière propriété, et que ni vous ni un autre ne puisse contester le marché. Si vous faites comme cela, nous consentirons au mariage, sinon votre fils n'aura pas notre fille et nièce. »

Le prud'homme réfléchit un moment. Il regarda son fils, réfléchit encore, mais ce fut là un temps bien mal employé ! Puis il répondit : « Seigneurs, quoi que vous me demandiez, vous l'aurez. Voici notre contrat : si mon fils épouse votre fille, je lui donnerai tout ce que je possède. Je vous le dis devant témoins, je ne garderai rien. Qu'il prenne tout et que tout soit à lui. »

Ainsi le vieil homme se dépouilla-t-il de tout ce qu'il avait au monde, si bien qu'il était aussi nu qu'un rameau pelé. Il n'a plus un seul denier[13], sauf ce que son fils voudra bien lui accorder. Il lui donna tout et quand il se fut engagé[14], le chevalier prit sa fille par la main et la donna au bachelier, et le garçon l'épousa.

Les ordres religieux

Les moines blancs, les moines noirs et les templiers qui entraient dans les ordres renonçaient à leurs biens.

10. Argent liquide.
11. Toute votre fortune.
12. Conclure le marché.
13. Sou.
14. Quand tout fut fait.

Pendant deux ans, le mari et sa femme vécurent ensemble paisiblement. La femme mit au monde un fils qui fut bien nourri et bien élevé. Elle-même prit grand soin d'elle, se baignant souvent. On fêta ses relevailles[1].

Le prud'homme habitait avec eux. Il s'était mis en mauvaise situation en s'obligeant à vivre à la merci d'autrui[2]. Près de douze ans, il demeura là. Son petit-fils, déjà grandet, se rendait compte de tout. Il avait souvent entendu raconter ce qu'avait fait son grand-père pour que son père puisse épouser sa mère. Et l'enfant, du jour où il l'entendit, n'oublia rien de cette histoire. Le prud'homme, lui, vieillissait ; il devait à présent s'aider d'un bâton. Son fils serait bien allé chercher la toile qui devait l'ensevelir[3], il n'aurait pas demandé mieux que de préparer son linceul[4] et il lui tardait que son père soit en terre, car il lui était devenu un poids. Sa femme, qui était fière et orgueilleuse, haïssait le vieillard qu'elle supportait à contrecœur.

Un jour, elle ne put s'empêcher de dire à son mari : « Sire, de grâce, donnez congé à[5] votre père, pour l'amour que je dois à ma mère. Je ne mangerai plus tant qu'il sera encore ici. Mettez-le à la porte, je le veux ! » Et le mari, qui craignait et redoutait sa femme, alla trouver son père et lui dit brutalement : « Père, père, allez-vous-en ! On n'a plus que faire de vous dans notre maison. On vous a donné à manger pendant douze ans et plus. Allez donc vivre ailleurs, faites vite, levez-vous, approvisionnez-vous où vous voudrez mais partez sur-le-champ ! »

Le père l'écouta et pleura amèrement. Il maudit le jour de sa naissance.

Le mariage des enfants

Au Moyen Âge, les enfants ne choisissaient pas eux-mêmes leur mari ou leur femme. Deux pères se mettaient d'accord pour « arranger un mariage » pour le bénéfice des deux familles. Le mariage apportait ainsi argent ou terres. Cette pratique existait encore au XIXe siècle.

1. Rite chrétien par lequel une accouchée remercie Dieu.
2. En dépendant d'autrui.
3. Envelopper son cadavre.
4. Drap mortuaire.
5. Renvoyez.

→ Du texte à l'image p. 23

Les Sept Péchés capitaux, détail : « La gourmandise »

Huile sur bois de Jérôme Bosch, 1480
(120 cm x 150 cm)

→ Du texte à l'image p. 36

L'Enfer

Miniature du Moyen Âge
(4 cm x 5 cm)

→ Du texte à l'image p. 44

Saint Martin

Miniature du Moyen Âge
(4 cm x 5 cm)

→ Du texte à l'image p. 57

Les Trois Âges de la vie

Peinture de Gustav Klimt, 1905
(180 cm x 180 cm)

« Ah, beau doux fils, que me dis-tu là ? Par Dieu, c'est en me mettant à la porte que tu me témoignes ta reconnaissance ! Je ne tiendrai pas grand-place. Je ne demande ni feu, ni courtepointe[6] ni tapis. Fais-moi juste jeter un peu de paille sous cet appentis[7]. Bien sûr, je mangerai un peu de ton pain, mais ne me chasse pas de ta maison. Peu me chaut[8] d'être mal logé, si l'on me donne à manger. Il me reste peu de temps à vivre, tu ne dois pas m'abandonner. Tu peux, si tu me traites bien, expier[9] plus sûrement tes péchés qu'en portant une haire[10] !

– Beau père, dit le bachelier, inutile de me sermonner[11], rien n'y fera. Allez-vous-en, sinon ma femme en perdra la raison.

– Beau fils, où veux-tu que j'aille ? Je n'ai plus un sou qui vaille !

– Vous vous en irez par la ville. Il y a là au moins dix mille personnes qui trouvent de quoi vivre. Ce serait bien de la malchance si vous ne trouviez pas ce qu'il vous faut ! Bien des gens vous connaissent et vous hébergeront.

– Ils m'hébergeront ? Fils, quelle personne m'hébergera puisque toi, tu me chasses ? Pourquoi des gens qui ne me sont rien me feraient du bien quand toi, mon propre fils, tu me fais du mal ?

– Père, je n'y peux rien ! Je prends sur moi toute la responsabilité. »

Le père éprouvait une telle douleur que son cœur se déchirait. Tout faible qu'il était, il se leva et sortit de la maison en pleurant. « Fils, dit-il, je te recommande à Dieu. Puisque tu veux que je m'en aille, donne-moi au

6. Couverture de lit.
7. Abri adossé à un mur.
8. Peu m'importe.
9. Te faire pardonner.
10. Chemise en tissu très rugueux, portée à même la peau pour faire pénitence.
11. Faire la leçon.

moins un morceau d'étoffe. Ce n'est pas grand-chose et je serai protégé du froid. Je te le demande pour me couvrir car j'ai un habit trop léger, et le froid plus que tout me tue. »

Le fils, qui n'aimait pas donner, lui répondit :

« Père, je n'en ai pas !

– Beau doux fils, tout mon cœur tremble, tant je redoute la froidure. Donne-moi seulement une des couvertures qui servent à couvrir tes chevaux, afin que le froid m'épargne. »

Le fils veut s'en débarrasser et, voyant qu'il n'y parviendra pas s'il ne lui donne quelque chose, il appelle son enfant qui bondit aussitôt.

« Que voulez-vous, père ?

– Beau fils, si tu trouves l'écurie ouverte, je te demande de donner à mon père la couverture qui est sur mon cheval noir. Il s'en fera un manteau, une chape ou une pelisse. Donne-lui la meilleure de toutes ! »

L'enfant, qui était avisé, dit au vieillard : « Venez, beau grand-père. » Le prud'homme le suit, plein d'amertume et de chagrin. L'enfant trouva les couvertures, prit la meilleure, la plus neuve, la plus grande et la plus large, la plia en son milieu et, sortant son couteau, la coupa du mieux qu'il put et en donna la moitié à son grand-père.

« Beau fils, que ferai-je de cela ? Pourquoi l'as-tu coupée ? Ton père t'avait ordonné de me la donner tout entière. Tu es d'une grande cruauté ! Je vais lui en parler.

– Allez où vous voudrez, dit l'enfant. De moi, vous n'aurez rien de plus. »

Le prud'homme sortit de l'écurie et alla trouver son fils.

« Fils, dit-il, on se moque de ce que tu dis, dans cette maison. Tu ne châties[1] donc pas ton fils pour qu'il te redoute aussi peu ? Ne vois-tu pas qu'il a gardé la moitié de la couverture ?

– Donne-la lui tout entière !

– Non, dit l'enfant : comment seriez-vous payé ? J'en garde la moitié pour vous. De moi, vous n'aurez rien de plus si je deviens le maître un jour. Votre père vous a donné tout son avoir, moi aussi je vous prendrai tout. De moi, vous n'emporterez pas plus que vous ne lui donnez. Si vous le laissez mourir de misère, ainsi ferai-je pour vous ! »

Le père l'écouta, soupira profondément. Et, étant rentré en lui-même, il réfléchit, tirant grand profit des paroles de l'enfant. Il tourna la tête vers son père : « Père, dit-il, revenez. C'est le diable et le péché qui m'ont tendu un piège. Mais, s'il plaît à Dieu, vous ne partirez pas. Je vous fais seigneur et maître de ma maison à tout jamais. Si ma femme ne peut vous supporter, je vous ferai bien servir, ailleurs. Je vous ferai donner courtepointe et oreiller, et je vous jure, par saint Martin, que je ne boirai pas de vin, ni ne mangerai de mets[2] fins que vous n'en ayez de meilleurs ; vous serez en chambre particulière[3] avec un bon feu de cheminée. Vous aurez d'aussi beaux habits que moi, puisque c'est grâce à votre avoir, bon doux père, que je suis aussi riche aujourd'hui. »

Seigneurs, voyez dans cette histoire un bon et clair enseignement : un enfant a chassé du cœur de son père les pensées mauvaises qui l'habitaient.

1. Punis.
2. Nourritures.
3. Pour vous seul.

Ceux qui ont un fils à marier, qu'ils pensent à cet exemple. Ne donnez jamais tant à votre enfant que vous deveniez dépendants. Car il faut se méfier : les enfants sont sans pitié. Les pères, quand ils ne peuvent plus les aider, les ennuient. Qui se met sous la coupe[1] d'autrui s'expose à un grand danger. Vous devez vous en garder !

Voici l'exemple que Bernier vous a donné. Il a fait du mieux qu'il a pu…

1. Dépendance.

Pause lecture 4

La Couverture partagée

À ingrat, ingrat et demi !

L'ingratitude en héritage ?

Avez-vous bien lu ?

Pourquoi les chevaliers acceptent-ils de marier leur fille et nièce à un riche bourgeois ?

❑ Ils sont ruinés.

❑ Ils veulent que la jeune fille vive confortablement.

Le bachelier

1 Le fils du prud'homme était-il capable de sentiment avant son mariage ? Quel épisode le montre ? Dans sa jeunesse, quelles étaient ses qualités ?

2 Que décide le bachelier douze ans après son mariage ? Quels défauts apparaissent alors ? Comment s'explique son attitude ?

Sa femme

3 Quels défauts la femme va-t-elle révéler au bout de douze ans de mariage ? De quoi menace-t-elle son mari ? Dans quel but ?

Leur fils

4 Quelles sont les qualités du fils ? De quoi se rend-il compte en grandissant ?

5 « Tel père, tel fils. » Ce dicton s'applique-t-il au bachelier et à son fils ?

Le prud'homme, un homme parfait ?

Avez-vous bien lu ?

Pourquoi le prud'homme veut-il marier son fils ?

❏ Pour le consoler de la mort de sa mère.

❏ Pour avoir des petits-enfants.

❏ Pour s'enrichir.

Un bourgeois apprécié de tous et un bon père

1 Relisez le portrait du prud'homme (l. 7-17). Quelles sont ses qualités ?

2 Pourquoi accepte-t-il de se dépouiller de tout ? Quelle qualité montre-t-il ainsi ? Qu'est-il prêt à accepter pour pouvoir rester chez son fils ?

Un homme avisé ?

3 Quelle image le conteur utilise-t-il pour évoquer cet homme dépouillé de tous ses biens ? Comment s'appelle cette image ? Quel défaut le conteur dénonce-t-il ?

4 « Ce fut là un temps bien mal employé ! » (l. 73-74) ; « Il s'était mis en mauvaise situation en s'obligeant à vivre à la merci d'autrui » (l. 89-91).
Quel est le rôle de ces phrases dans l'histoire racontée ? Qui intervient ici ?

Tout est bien qui finit bien

Avez-vous bien lu ?

Que veut faire l'enfant avec la seconde moitié de la couverture ?

❑ Il veut la remettre sur le cheval.

❑ Il veut la prendre pour lui.

❑ Il veut la donner à son père quand celui-ci n'aura plus rien.

Les paroles de l'enfant

1 Quelle couverture l'enfant choisit-il ? Que dit-il ensuite à son grand-père ? Quel est l'effet produit par ses propos sur l'auditeur ou le lecteur du fabliau ?

2 Comment réagit le père après avoir écouté son fils ? Que propose le fils pour que son père vive heureux ?

Une morale inattendue

3 Quel personnage est critiqué dans la morale ? Comment est-il désigné dans le fabliau ? Que signifie ce mot ? Concluez.

4 Quel défaut s'attend-on à voir souligner dans la morale ? « Vous devez vous en garder » (l. 215-216) : le pronom « en » renvoie-t-il à ce défaut ? Que dénonce en vérité le conteur ?

Vers l'expression

Vocabulaire

1. Ce fabliau dénonce l'ingratitude.

a. Quel est le préfixe utilisé pour formé ce mot ? Quel est son sens ?

b. Ce préfixe est utilisé dans d'autres mots qui désignent des défauts. Retrouvez-les à partir des phrases suivantes.

– Je ne dis jamais merci. → **Défaut :** ....

– Je ne supporte pas d'attendre. → **Défaut :** ....

– Je manque de constance. → **Défaut :** ....

– Je ne me préoccupe pas des autres. → **Défaut :** ....

2. Associez les qualités de la liste a aux défauts de la liste b.

a. la sympathie – le sang-froid – la reconnaissance – la générosité – la sincérité.

b. l'hypocrisie – l'emportement – l'antipathie – l'indifférence – l'égoïsme.

3. Recopiez et complétez les phrases suivantes avec la qualité ou le défaut qui convient.

a. Tu te mets sans cesse en colère. Ton .... te perdra !

b. Je te parlerai très franchement et tu apprécieras ma ....

c. Après le service que je t'ai rendu, tu pourrais éprouver de la .... !

À vous de jouer

Écrivez une autre morale.

Vous attendiez-vous à cette morale ? Rédigez la morale à laquelle vous vous attendiez pour finir ce récit.

Du texte à l'image

Observez le tableau → voir dossier images p. IV

Les Trois Âges de la vie,
peinture de Gustav Klimt, 1905.

1. Combien de personnes sont représentées sur ce tableau ? Décrivez leurs corps, leurs bras, leurs mains, leurs visages et leurs chevelures. Qu'ont-ils en commun ?
2. Relisez le titre du tableau. Comment l'interprétez-vous, maintenant que vous avez observé les personnes représentées ?
3. Quel sentiment se dégage des deux personnes à droite ?
4. Pourquoi la femme qui se tient debout cache-t-elle son visage dans ses cheveux et dans sa main ? Quelle leçon de vie le peintre invite-t-il à en tirer ?
5. Quel est le rapport entre ce tableau et le fabliau ?

Questions sur...

Quatre fabliaux du Moyen Âge

1. *Les Perdrix*

1 Quels sont les défauts :
- de la femme ?
- du mari ?
- du curé ?

2 Pour expliquer la disparition des perdrix, la femme invente plusieurs mensonges. Citez-en au moins deux.

2. *Un Jongleur en enfer*

3 Comment vivait le jongleur ? Pourquoi était-il toujours pauvre ?

4 Que propose saint Pierre au jongleur ? Pourquoi le jongleur n'arrête-t-il pas de jouer quand il commence à perdre ? Quelle passion est ici dénoncée ?

5 À quoi Lucifer condamne-t-il le jongleur ? Est-ce vraiment une punition ?

3. *Le Cupide et l'Envieux*

6 Qu'est-ce que la cupidité ? Qu'est-ce que l'envie ?

7 Qui l'envieux et le cupide rencontrent-ils ? Quelle qualité incarne ce saint ?

8 Quelle est la proposition du saint ? Comment les deux compagnons sont-ils punis ?

4. *La Couverture partagée*

9 Qu'accepte le père pour que son fils puisse se marier avec la fille des chevaliers ? De quelles qualités fait-il preuve à cette occasion ?

10 Que décide le fils après douze ans de mariage ? Quel est son défaut ?

11 Que fait le petit-fils ? Pourquoi ?

5. Sur les quatre fabliaux

12 En général, où intervient le conteur des fabliaux ? Pour quoi faire ?

13 À quoi voit-on que les fabliaux étaient racontés oralement ?

14 Pourquoi les personnages des fabliaux ne sont-ils pas nommés ?

15 Citez une morale que vous avez appréciée ou qui vous a déplu. Expliquez votre choix.

Après la lecture

Thème

Divertir et instruire

Genre

Du fabliau au sketch comique

Divertir et instruire

◆ Une forme concise

Le fabliau était conté par **un jongleur ou un clerc**, homme instruit qui savait lire et écrire, ce qui était assez rare au Moyen Âge. Le jongleur devait apprendre le fabliau puis le réciter, sans se lasser ni lasser ses auditeurs. Le fabliau est donc **un récit court**, entre deux et dix pages.

> « *Un public varié : seigneurs, bourgeois et badauds.* »

Le fabliau est écrit en vers de huit syllabes, ou **octosyllabes**, parce que la poésie domine à cette époque et que les rimes sont plus faciles à mémoriser. Voici, par exemple, un extrait en ancien français du fabliau *Les Perdrix* :

*Andeus les eles en menj**ue***
*Puis est alée en mi la **rue***
*Savoir se ses sires ven**oit***
*Quand ele venir ne le v**oit***
*Tantost arrière s'en re**torne***
*Et le remanant tel a**torne**...*

Un fabliau raconte le plus souvent **une seule aventure**. La trame est simple et se concentre sur deux ou trois personnages au maximum : le cupide, l'envieux et saint Martin dans le fabliau *Le Cupide et l'Envieux* par exemple. *Le Paysan médecin* (p. 87), qui réunit deux histoires, est plutôt une exception.
Le narrateur est discrètement mais souvent présent et il interpelle son auditoire. Le public est très varié : des seigneurs qui invitent un jongleur pour une soirée, des bourgeois venus faire du commerce dans une foire ou n'importe quel badaud qui se trouve à proximité.

◆ Une morale parfois surprenante

Le fabliau veut **divertir** : les coups, les insultes, les quiproquos font rire les auditeurs. Le fabliau veut aussi **instruire**. Au début d'un récit, le conteur insiste souvent sur le fait que son histoire est « véridique », donnant ainsi du poids à ce qu'il raconte. Ce procédé permet de souligner la valeur éducative du fabliau. Bien évidement, l'anecdote est de pure fiction ; elle se situe dans la tradition des *exempla* latins, ces récits moraux destinés à éduquer le lecteur. À la fin, une morale est présentée, invitant le public à réfléchir au récit et à en tirer des leçons.

Le thème principal des fabliaux est celui de **la tromperie**, qui révèle les défauts des personnages : gourmandise, ingratitude, brutalité, imprudence...

S'ils ne sont jamais approfondis, les caractères sont en revanche toujours très affirmés. Les fabliaux offrent un véritable miroir de la vie quotidienne au Moyen Âge, décrite avec humour et réalisme.

Les valeurs morales sont rarement respectées dans le fabliau, et la ruse y est souvent victorieuse (*Les Trois Aveugles de Compiègne*, p. 67, nous montre comment un clerc réussit à tromper des aveugles et à ne pas payer son hôte, par exemple). Et si le fabliau contient **une morale**, c'est rarement celle qu'on attendait. Dans *La Couverture partagée*, par exemple, on s'attend à une morale sur l'ingratitude des enfants et, en fait, c'est le grand-père imprudent qui est épinglé !

> ***« Le thème principal est celui de la tromperie, qui révèle les défauts. »***

Enfin, les fabliaux peuvent surprendre les lecteurs d'aujourd'hui sur le sujet de la violence conjugale. Lorsque la femme ment ou bat son mari (*Sire Hain et dame Anieuse*), la fin du récit marque un curieux « retour à l'ordre » : on recommande au mari de battre sa femme pour être obéi ! ■

Du fabliau au sketch comique

◆ Vie et mort des fabliaux au Moyen Âge

Les fabliaux apparaissent vers la fin du XIIe siècle dans le nord de la France, en Picardie plus précisément. Le plus ancien fabliau connu est celui de Richeut (1159). La plupart des fabliaux datent du XIIe siècle. Cent cinquante environ nous sont parvenus mais avec seulement quelques noms d'auteurs : Rutebeuf, Bernier, Jean Bodel, Cortebarbe. Les fabliaux sont d'abord des récits oraux racontés pendant des veillées, des foires ou des fêtes. Ils se transmettent de bouche à oreille puis sont transcrits par des moines. Ceux qui sont rassemblés ici sont tirés de manuscrits déposés à la Bibliothèque nationale de France.

> *« Des récits oraux racontés pendant des veillées, des foires ou des fêtes. »*

Le genre disparaît au début du XIVe siècle. Le public préfère alors les farces jouées au théâtre ou les contes et les nouvelles, écrits en prose.
Les derniers jongleurs qui aient rimé des fabliaux sont Watriquet de Convin, ménestrel du comte de Blois, et Jean de Condé.

◆ Les fabliaux, source d'inspiration pour Molière

On ignore comment Molière a connu le fabliau *Le Paysan médecin* (p. 87). De toute évidence, il s'en est largement inspiré pour sa comédie *Le Médecin malgré lui* (1666).

Voici un résumé d'une partie du *Paysan médecin* :

La femme du vilain est battue par son mari. Elle décide de se venger. Comme deux messagers cherchent un médecin pour guérir la fille du roi qui a avalé une arête, elle fait passer le vilain pour un savant. Elle prévient qu'il faut le rouer de coups pour qu'il accepte de guérir un malade. Le vilain est battu si fort qu'il consent à jouer le médecin. Il guérit la malade en la faisant rire par ses grimaces.

Voici maintenant un résumé du *Médecin malgré lui* de Molière :

Martine est battue par Sganarelle, son mari. Elle décide de se venger. Elle rencontre deux personnes envoyées à la recherche d'un médecin pour guérir une jeune fille qui a perdu la voix juste au moment d'être mariée malgré elle par son père. Sous les coups de bâton, Sganarelle accepte de tenir le rôle du médecin. Il guérit la jeune fille dont la maladie était feinte.

◆ Les fabliaux toujours vivants

Au XIXe siècle, Anatole France reprend, dans un conte du recueil *L'Étui de nacre*, le fabliau *Le Jongleur de Notre-Dame* où l'on apprend comment un jongleur qui ne savait pas prier fit des culbutes pour honorer la Vierge. Jules Massenet en tira un opéra-comique.

Aujourd'hui, des comiques comme Marc Jolivet, Gad Elmaleh ou Franck Dubosc racontent, sous forme de sketches, des histoires qui elles aussi font rire et réfléchir à la fois. Celles de Raymond Devos (voir *Le Mille-feuille*, p. 95) font largement appel au calembour. ■

> « ***Aujourd'hui, des comiques racontent des histoires courtes qui, à la manière des fabliaux, font rire et réfléchir.*** »

Autres lectures

Le Curé qui mangea des mûres
de Garin (XIIIe siècle)

Les Trois Aveugles de Compiègne
de Cortebarbe (XIIIe siècle)

Sire Hain et dame Anieuse
de Hugues Piaucèle (XIIIe siècle)

Le Paysan médecin
(XIIIe siècle)

Le Mille-feuille
de Raymond Devos (XXe siècle)

Découvrez d'autres fabliaux et... d'autres défauts !

Qui sont les auteurs ?

Garin, Cortebarbe, Hugues Piaucèle

Les jongleurs, amateurs ou professionnels, qui contaient les histoires ne nous ont pas tous laissé leur identité. Dans certains fabliaux, des noms d'auteurs apparaissent, au début ou à la fin du texte, mais on ne sait rien de plus. C'est le cas de trois des fabliaux qui suivent : Garin est cité comme l'auteur du *Curé qui mangea des mûres*, Cortebarbe comme celui des *Trois Aveugles de Compiègne* et Hugues (ou Héon) Piaucèle comme celui de *Sire Hain et dame Anieuse*. On peut parfois faire des hypothèses sur leur région d'origine, car des noms de villes sont cités dans leurs œuvres, mais rien n'est très certain.

Raymond Devos

Raymond Devos est né à Mouscron, en Belgique, en 1922. Dès l'enfance, il rêve d'être artiste : il est passionné par la langue française et par la musique. Il fréquente un cours de théâtre, mais la guerre interrompt son parcours (il est déporté en Allemagne). Après-guerre, il monte des spectacles avec des partenaires, notamment *Les Trois Cousins*, avant de se lancer dans le one-man-show. Il a réuni certains sketches dans des recueils, comme *Matière à rire* et *Un jour sans moi*. Il est mort en France, en 2006.
C'est un véritable maître du calembour, qui jongle avec les mots… Un jongleur du XXe siècle, dans la pure lignée des fabliaux !

Le Curé qui mangea des mûres

Garin (XIIIe siècle)

JE VEUX VOUS CONTER L'HISTOIRE D'UN CURÉ, comme Garin nous la raconte.

Un curé voulait aller au marché. Il fit seller sa mule, une mule bien grasse et bien nourrie. Il l'avait depuis deux ans, et elle n'avait manqué ni de son ni d'avoine.

Le curé se mit en route et sur sa monture se dirigea vers le marché.

Je me souviens de la saison : je sais que c'était en septembre, le mois où les mûres foisonnent sur les buissons. Le curé sur sa mule lisait tranquillement son bréviaire[1].

Il approche du bourg mais alors il voit, dans un chemin creux, un buisson couvert de mûres. Il se dit qu'il n'en verra jamais plus d'aussi belles. Il en a grand désir ; il entre dans le chemin, hésite un peu devant la profondeur du fossé mais finit par oser... Il engage sa mule, avec prudence quand même, et l'arrête devant le buisson. Il cueille les mûres ; il les ramasse avec délicatesse et se recueille pour mieux les déguster. Les mûres fondent dans sa bouche. Elles sont exquises ! Qu'importe[2] s'il se pique les doigts et les poignets sur les épines, il ne faut pas laisser perdre les dons[3] de Dieu !

Cependant, les mûres les plus belles sont sur les branches les plus hautes. Elles sont toutes fraîches, toutes gorgées de soleil. Pour les cueillir, le curé se met à présent debout sur sa mule et, se penchant sur le roncier[4], il cueille et mange avec avidité les plus goûteuses[5]. La mule ne bouge pas. Sa gourmandise un peu calmée, il jette un

1. Livre de prières.
2. Aucune importance.
3. Cadeaux.
4. Buisson de ronces qui porte les mûres.
5. Celles qui ont le plus de goût.

regard vers le bas et voit sa mule, immobile. Il admire sa docilité. « La bonne bête ! dit-il. Heureusement que personne n'a crié "hue"[1] ! »

Mais il a pensé tout haut ! La mule, surprise, fait un bond et le curé culbute dans le buisson. Il ne parvient pas à se dépêtrer[2] des ronces. La mule, elle, détale[3] et rentre au presbytère[4].

Quand les domestiques la voient, ils s'inquiètent et se désolent. On croit le curé mort. Vite, il faut aller voir ! Ils partent en courant sur la route du marché, et, en chemin, ils passent devant le buisson où le curé est en détresse. Celui-ci les entend et les appelle : « Eh bien, où allez-vous ? Je suis là, tout endolori par les épines et tout perclus[5] de douleurs ! Je suis en mauvaise posture[6]. »

Ses gens l'interrogent :

« Mais que faites-vous là, sire ? Sire, qui vous a mis ici ?

– Malheur à moi ! Je suis tombé tout seul ! Je passais par ici en lisant mon bréviaire, et j'ai été si tenté par les mûres que je me suis arrêté pour en manger. Et puis, je me suis pris dans les ronces. Aidez-moi à sortir d'ici, car je ne désire rien tant que de retrouver ma maison et me soigner. »

Ce fabliau peut nous enseigner qu'il n'est pas sage celui qui dit à haute voix ce qu'il pense… Beaucoup de gens en ont grand dommage[7] et grande honte.

C'est ce qui arriva au curé !

1. Cri pour faire avancer les mules.
2. Se délivrer.
3. S'enfuit.
4. Maison du curé.
5. Accablé.
6. Dans une situation difficile.
7. Des conséquences négatives.

Les Trois Aveugles de Compiègne

Cortebarbe (XIIIe siècle)

On tient pour sage le ménestrel[8] qui s'ingénie[9] à trouver de beaux récits et de beaux contes à dire devant les ducs, devant les comtes. Il est bon d'écouter des fableaux[10], ils font oublier maintes[11] douleurs, maints maux, maints soucis, maints méfaits. Cortebarbe a fait ce fabliau-ci. Je crois qu'il s'en souvient encore.

Il advint que, près de Compiègne, trois aveugles étaient en chemin. Ils n'avaient pas de valet pour les conduire et leur montrer le chemin. Chacun portait son hanap[12] de bois. Leurs habits étaient misérables, vraiment ils étaient vêtus pauvrement. Ils se dirigeaient vers Senlis. Un clerc[13], qui venait de Paris et qui savait faire le bien comme le mal, s'approchait à vive allure. Il avait écuyer[14] et sommier[15], et chevauchait un beau palefroi[16]. Il constata que nul ne les conduisait, alors qu'aucun d'eux ne voyait. Il se demanda comment ils pouvaient trouver leur route. « Que je sois tourmenté par la goutte[17] si je n'arrive pas à savoir comment ils y voient ! »

Les aveugles l'entendent approcher, se rangent sur le côté et s'écrient : « Faites-nous la charité, vous ne trouverez pas plus pauvres que nous ! »

Le clerc aussitôt s'emploie à leur jouer un mauvais tour :

« Venez ici, fait-il. Voici un besant[18] pour vous trois.

– Dieu et la sainte Croix vous le rendent ! »

Chacun croit qu'un autre compagnon a reçu l'argent. Le clerc à présent s'éloigne d'eux tout en se disant qu'il

8. Jongleur, poète musicien et acrobate.
9. S'efforce.
10. Fabliaux.
11. Beaucoup de.
12. Gobelet.
13. Étudiant.
14. Valet qui s'occupait plus particulièrement des chevaux.
15. Âne ou mule.
16. Cheval de parade.
17. Les rhumatismes.
18. Une pièce d'or.

veut voir ce qu'ils en font. Il met pied à terre et écoute ce que les aveugles se disent et comment ils vont faire le partage. Le plus vieux des trois déclare : « Il ne nous a pas éconduits[1], celui qui nous a fait l'aumône de ce besant. Un besant, c'est un beau cadeau ! Savez-vous ce que nous allons en faire ? Nous allons retourner à Compiègne ; il y a longtemps que nous n'avons pas fait bombance[2] ; chacun a droit à un peu de bon plaisir. Compiègne regorge de bonnes choses ! »

Il a parlé avec sagesse et chacun des deux autres répond : « Allons-y, il n'y a qu'à repasser le pont ! »

Vers Compiègne ils s'en retournèrent, comme à l'aller, juste un peu plus gais ! Le clerc les suivit car il avait envie de connaître la suite. Nos trois compères entrèrent dans la ville. Là, on entend crier dans les rues : « Ici, il y a du bon vin, du frais et du nouveau : vin d'Auxerre, vin de Soissons, et puis aussi du pain et de la viande, du vin et du poisson ; il fait bon dépenser son argent. Ici on loge tout le monde, et tout le monde est bien content. »

Ils allèrent de ce côté et sans hésiter entrèrent dans cette auberge. Ils s'adressèrent à l'aubergiste : « Écoutez-nous, ne nous prenez pas pour des malappris[3] parce que nous sommes vêtus pauvrement. Nous voulons être servis à part, nous paierons mieux que maints voyageurs plus huppés[4]. »

L'hôtelier pense qu'ils disent vrai ; souvent de tels gens ont de l'argent plein les poches. Il s'empresse auprès d'eux et les installe dans la salle du haut.

« Seigneurs, fait-il, vous pourriez rester toute une semaine et faire bonne chère[5] !

– Sire, c'est parfait ! Faites-nous servir, et bien !

1. Ne s'est pas moqué de nous.
2. Un banquet.
3. Moins que rien.
4. Distingués.
5. De bons repas.

– Laissez-moi faire », dit le bourgeois.

Il leur prépara cinq services[6] : pain, viandes, pâtés, chapons[7] ; des vins aussi et seulement des bons ! Il fit tout monter et mit du charbon dans la cheminée. Eux s'assirent à table.

L'écuyer du clerc avait conduit les chevaux à l'écurie et était aussi entré dans l'auberge. Le clerc, qui avait appris les bonnes manières et qui était vêtu avec élégance, déjeuna et dîna avec l'hôte[8]. Les aveugles, dans la chambre haute, furent servis comme des chevaliers. Ils parlaient très fort, en se servant mutuellement du vin :

« Tiens, je te sers !

– S'il te plaît, sers-moi à ton tour !

– Voilà un vin de bonne vigne ! »

Ne croyez surtout pas qu'ils s'ennuyèrent. Jusqu'à minuit, ils furent ainsi en joie et à l'abri.

Puis, des lits ayant été préparés, ils allèrent se coucher jusqu'au lendemain matin. Le clerc, très impatient de savoir comment cela allait tourner, passa lui aussi la nuit à l'auberge.

L'aubergiste se leva de bon matin, son serviteur également, ils firent les comptes. Le valet dit :

« Les pains, les vins et les pâtés font bien dix sous ; le clerc, lui, en a pour cinq sous.

– Ce n'est pas lui qui m'inquiète. Va donc là-haut et dis-leur de régler l'addition. »

Le valet monte chez les aveugles sans plus tarder, il les fait s'habiller car son maître veut être payé.

« Soyez sans crainte, disent-ils, nous allons le payer. Savez-vous ce que nous lui devons ?

6. Plats.
7. Volailles.
8. Aubergiste.

Autres lectures

– Oui, vous lui devez dix sous.

– Ça les vaut bien ! »

Ils se levèrent et descendirent. Le clerc, qui s'habillait, avait tout entendu. Les trois aveugles dirent à l'hôtelier :

« Sire, nous avons un besant qui est par trop pesant, vous nous rendrez la monnaie avant que nous mangions encore.

– Volontiers, dit l'hôte.

– Eh bien, dit l'un des trois, lequel de vous a l'argent ? Moi, je n'ai rien.

– C'est donc Robert Barbefleurie !

– Non, je ne l'ai pas, c'est vous qui l'avez.

– Qui donc l'a, alors ?

– Toi ?

– Non, toi !

– Payez, truands, ou vous serez battus, menaça l'hôtelier, et jetés dans un cachot puant. Vous ne partirez pas d'ici à moins d'avoir payé ! »

Ils s'écrièrent : « Au nom de Dieu, sire, grâce ! Nous vous paierons ! »

Et ils reprirent leur querelle :

« Robert, dit l'un, donne le besant. Tu marchais devant, c'est toi qui l'as reçu.

– Non, c'est toi, qui marchais derrière, qui l'as eu. Donne-le, car moi je ne l'ai point.

– Je suis arrivé à temps, dit l'hôtelier, on voulait me gruger[1]. »

Il donne un grand soufflet[2] à l'un et fait apporter deux gourdins. Le clerc, qui était richement vêtu et que l'histoire amusait beaucoup, se pâmait[3] d'aise et se tordait de rire. Mais quand il vit que cela tournait mal, il

1. Tromper.
2. Une gifle.
3. S'étouffait.

s'approcha vivement de l'aubergiste et lui demanda ce qui se passait.

« Ces gens ont mangé et bu pour dix sous et maintenant, ils se moquent de moi. Ils me le paieront ! Je leur ferai honte !

– Eh bien, mettez tout cela sur mon compte. Je devrai donc quinze sous. Il faut avoir pitié des pauvres gens !

– Bien volontiers, répondit l'hôte, vous êtes généreux. »

Et les trois aveugles s'en allèrent, ils étaient quittes[4].

Mais oyez[5] comment le clerc se tira d'affaire. On était en train de sonner la messe. Il s'approcha de l'hôte :

« Dites donc, hôtelier, vous connaissez bien le curé de la paroisse ? Ces quinze sous, s'il vous les devait au lieu de moi, vous lui en feriez crédit ?

– Je le connais très bien, dit le bourgeois, et par saint Sylvestre, bien sûr que je croirais le prêtre et que je lui ferais crédit, de trente livres même, s'il voulait.

– Dites-le donc à vos gens, que je sois quitte quand ils me verront revenir. Je vous ferai payer à l'église. »

Tout joyeux, le clerc demanda à son valet d'apprêter[6] son palefroi et de tout préparer pour son retour. Il pria l'aubergiste de l'accompagner. Tous deux allèrent à l'église et entrèrent dans le chœur[7]. Le clerc fit asseoir l'hôte à qui il devait les quinze sous et lui déclara :

« Je n'ai pas le temps d'attendre que la messe soit dite. Je veux qu'ici on tienne ses promesses : je vais dire au curé qu'il vous paie les quinze sous, sitôt après l'office[8].

– Faites comme vous voulez », répondit le bourgeois, tout confiant.

Le curé avait revêtu ses habits sacerdotaux[9] et allait commencer, quand le clerc vint l'aborder. Il en eut vite ter-

4. Avaient payé.
5. Écoutez.
6. De préparer.
7. Partie centrale de l'église.
8. La messe.
9. Pour célébrer la messe.

miné : il avait l'air d'un gentilhomme et n'avait pas vilain visage. Il tira vingt deniers de sa bourse et les glissa dans la main du prêtre.

« Sire, dit-il, par saint Germain, écoutez-moi un peu. Tous les clercs doivent être amis, c'est pourquoi je suis venu à vous. J'ai passé la nuit à l'hôtel, chez un bourgeois, un brave homme. Que Jésus le soulage ! C'est un prud'homme[1] honnête et droit mais hier, une cruelle maladie a atteint son cerveau pendant que nous faisions la fête. Il a perdu la raison. Dieu merci, il a recouvré un peu de bon sens mais il souffre encore un peu. Je vous prie donc, après la messe, de lui lire un Évangile sur la tête.

– Par saint Gilles, je le ferai, dès que j'aurai dit ma messe », assure le prêtre.

Et à l'aubergiste, il crie : « Je le ferai, quand j'aurai dit ma messe. »

Le bourgeois répond : « Faites, je ne demande pas mieux ! »

Le clerc de son côté : « Monsieur le curé, je vous recommande à Dieu. Adieu, beau doux maître ! »

Le prêtre monta à l'autel et commença à chanter la grand-messe. C'était dimanche, beaucoup de fidèles étaient là. Le clerc, qui était beau et bien aimable, vint prendre congé de son hôte[2]. Il retourna à l'auberge avec lui, monta sur son cheval et reprit son chemin. Et le bourgeois revint ensuite à l'église, impatient d'avoir enfin ses quinze sous.

Il y comptait bien. Dans le chœur, il attendit que la messe soit terminée et que le prêtre ait ôté des vêtements liturgiques[3]. Le prêtre prit un évangéliaire[4] et passa une étole[5]. Il appela l'aubergiste. « Sire Nicolas, venez, agenouillez-vous ici. »

Lire un Évangile sur la tête

Au Moyen Âge, on pensait que la folie était l'œuvre du diable qui s'était introduit dans le corps du « fou ». Pour délivrer le malade, un prêtre devait chasser le diable, l'exorciser, en lisant un Évangile posé au-dessus de la tête du fou.

1. Homme sage.
2. L'aubergiste.
3. De prêtre qui dit la messe.
4. Livre qui contient les Évangiles (un Évangile raconte la vie du Christ).
5. Sorte d'écharpe que met le prêtre pour célébrer un sacrement.

Le bourgeois ne comprit pas ses paroles ; il lui répondit :

« Je ne suis pas venu pour cela, mais pour que vous me payiez mes quinze sous.

– Vraiment, il est fou, dit le prêtre. Seigneur, protégez son âme ! Je sais qu'il déraille !

– Écoutez, dit le bourgeois, écoutez comme ce curé se moque de moi ! Peu s'en faut que je ne perde[6] la raison à le voir ainsi m'imposer son livre[7].

– Je vous dirai, beau doux ami, de vous souvenir de Dieu quoi qu'il advienne[8] et vous ne subirez aucun mal. »

Il lui mit le livre sur la tête et voulut lire l'Évangile.

Mais le bourgeois commence à s'énerver : « J'ai de la besogne à faire, chez moi, je n'ai cure[9] de toutes vos plaisanteries, donnez-moi vite mon argent ! »

Il se fâche durement contre le curé qui appelle tous ses paroissiens à la rescousse.

« Tenez-moi ce gaillard-là, car il déraisonne !

– Mais pas du tout, par saint Corneille, j'ai toute ma raison ! Mais par la foi que j'ai pour ma fille, vous me paierez mes quinze sous. Vous ne me gaberez[10] pas ainsi.

– Attrapez-le », dit le prêtre.

Sans l'ombre d'une hésitation, les paroissiens le maintinrent fermement. Tandis que chacun tentait de le réconforter, le prêtre apporta le livre, le plaça au-dessus de sa tête, et, l'étole autour du cou, il lut son évangile sans en sauter une ligne, puis il l'aspergea d'eau bénite, le prenant à tort pour un dément. Le bourgeois tout honteux d'avoir été si bien berné[11], mais bien content d'en réchapper, courut tout droit à son hôtel.

Cortebarbe dit qu'on fait maint tort à maint homme… C'est là que je terminerai mon conte.

6. Je suis près de perdre.
7. Tenir son livre au-dessus de ma tête.
8. Quoi qu'il arrive.
9. N'ai rien à faire.
10. Volerez.
11. Trompé.

Sire Hain[1] et dame Anieuse[2]

Hugues Piaucèle (XIIIe siècle)

Piaucèle, qui a composé ce fabliau, prouve avec raison que celui qui a femme revêche[3] est bien mal loti[4]. La preuve en est faite avec dame Anieuse et sire Hain.

Sire Hain avait un bon métier car il réparait comme personne les cottelles[5] et les manteaux. Mais tous les jours, il y avait querelle entre lui et dame Anieuse, qui n'était guère encline à faire ce qu'il voulait. Quand le prud'homme[6] voulait de la purée, elle lui faisait des pois. Quand il voulait manger des pois, par méchanceté elle lui servait un peu de purée mal cuite. Anieuse était vraiment mal disposée envers son mari. S'il voulait de la viande en pot, elle lui faisait de la viande rôtie et la recouvrait de cendre pour qu'il ne se régale pas.

Un jour, sire Hain lui dit :

« Ma douce amie, allez m'acheter du poisson.

– Par saint Cyr, vous en aurez, et à foison[7]. Mais dites-moi donc, beau doux sire, voulez-vous du poisson d'eau douce ? »

– Non, du poisson de mer, ma mie », lui répondit-il.

Anieuse, qui était une femme pleine d'aigreur[8], se mit aussitôt en route.

Elle va au pont, trouve Guillart, son cousin germain : « Guillart, dit-elle, je veux des épinoches[9]. Mon mari, que de mauvaises broches lui crèvent les yeux, veut du poisson avec arêtes. »

Et le cousin, qui ne vaut pas mieux qu'elle, prépare des poissons qu'il met sur son plateau. Elle les couvre de son manteau et s'en retourne droit chez elle.

Ci-contre : *Sire Hain et dame Anieuse.* Illustration de Yvonne Vaulpré-Debeauvais (XXe s.).

1. Hargneux.
2. Toujours de mauvaise humeur.
3. Qui a mauvais caractère.
4. N'a pas de chance.
5. Petites tuniques.
6. Homme sage et compétent.
7. En abondance.
8. De méchanceté.
9. Poisson de rivière, peu apprécié car il a beaucoup d'arêtes. Il est donc désagréable à manger.

Sire Hain, la voyant revenir, lui dit :

« Soyez la bienvenue. Par la foi que vous devez à Notre Dame, est-ce de la raie ou du chien de mer[1] ?

– Rien de tout cela, répond Anieuse. Vous perdez votre temps en me demandant de tels plats. Il est fou celui qui demande plus qu'il peut avoir ! Vous savez bien, n'est-ce pas, qu'il a plu toute la nuit, et que dans ce cas, le poisson pue.

– Puer ? s'étonne sire Hain. Dieu merci ! J'en ai vu porter par ici de très bons, dans un panier.

– Vous m'agacez tant, dit Anieuse qui le hait, que je vais tout jeter. »

Et elle le fait !

« Dieu, dit Hain, comme tu es avec moi ! J'ose à peine dire un mot. J'ai grande honte quand mon voisin entend que tu me mènes si durement.

– Eh bien, vengez-vous, si vous osez !

– Tais-toi, langue de vipère, laisse-moi tranquille. Si je n'avais pas des choses plus urgentes à régler pour le marché de demain, tu me le paierais tout de suite !

– Vous le payer ? Par mon bonnet, je vous en dis bouse. Commencez donc quand vous voudrez ! »

Sire Hain, très courroucé[2], s'est appuyé sur son coude pour réfléchir ; il dit :

« Anieuse, m'est avis[3] que nous ne serons jamais bien ensemble si nous ne pouvons mettre un terme à toutes ces querelles.

– Où voulez-vous en venir ?

– Voilà ce que je te propose : je vais ôter mes braies[4], je les étendrai dans la cour, nous nous battrons et celui qui les remportera sera le maître de la maison.

1. Poissons de mer réputés.
2. En colère.
3. Je pense.
4. Pantalons.

– Je veux bien, dit Anieuse, ravie. Mais si je gagne les braies, qui pourra en témoigner ?

– Nous prendrons dans le voisinage l'homme que nous aimons le mieux.

– D'accord, prenons Simon, et sa commère, dame Aupais. Quoi qu'il advienne du combat, ils veilleront tous deux au droit[5]. Dois-je les faire venir tout de suite ?

– Dieu, dit Hain, que tu es pressée ! Tu te vois déjà maîtresse en la maison ! Je suis tout prêt à commencer.

– Et moi encore plus ! Il n'y a plus qu'à appeler les voisins.

– C'est entendu. Sire Simon, sire Simon, venez donc ici, beau compère, et amenez-moi votre commère, vous saurez ce que nous voulons.

– D'accord », répondit Simon aimablement.

Ils arrivent donc et s'assoient l'un à côté de l'autre. Sire Hain, sans oublier un mot, leur explique la raison de leur présence. « Ah, s'exclame Simon, vous ne pouvez pas vous battre ainsi ! » Anieuse répond : « Écoutez, nous ne pouvons pas faire marche arrière. Par saint Loup, vous serez les témoins de notre combat. »

Alors Simon prend la parole :

« Je ne pourrai vous réconcilier, ni vous mettre d'accord, ni vous apaiser tant que vous n'aurez pas mesuré vos forces. Attention, Anieuse, seul ton poing doit frapper. Sire Hain, je vous avertis, vous ne devez utiliser que vos deux mains.

– Sire, par saint Germain, je le jure ! À présent, donnez le signal, que je n'aie plus qu'à enlever mes braies, objet de notre bataille. »

Que vous dire de plus ? Les braies furent enlevées et lancées dans la cour et chacun s'apprêta à combattre.

5. Respect du règlement.

Sire Simon, qui garde la lice[1], comptera les coups échangés. Avant même qu'Hain soit sur ses gardes[2], Anieuse le frappe de ses deux mains.

« Vilain, dit-elle, que penses-tu de mes poings?

– Ah! traîtresse, tu cognes déjà? Je ne supporterai pas que tu m'attaques la première.

– Par Dieu, au diable tes menaces! Nous sommes ici pour nous battre et chacun fait du mieux qu'il peut. »

À ces mots, sire Hain se déchaîne; il est fou de colère et plein de rancune. La cour est grande, l'enclos aussi; il a de la place pour prendre son élan. Quand Anieuse voit qu'il s'élance sur elle, elle ne s'émeut[3] pas et court à perdre haleine.

Maintenant, tout se complique, car sire Hain a rejoint sa femme et lui porte un coup si fort qu'il lui fait un bleu magistral près des sourcils. « Anieuse, dit-il, tu perds! Je t'ai bien rendu ta colée[4]! » Elle n'est pas ébranlée, elle bondit sur lui rapidement et lui assène[5] un coup sur le front d'une force telle qu'il vacille presque. « De ce côté-ci, vous étiez à découvert! »

Puis, tournant son regard ailleurs, elle voit les braies étendues, s'empresse de les saisir, les tient par le haut tandis que le vilain les empoigne par les jambes et, dans une grande colère, chacun tire de son côté tant et si bien que la toile se déchire et les morceaux jonchent la cour[6]. Il faut abandonner la pièce de tissu et reprendre la mêlée[7]. Hain envoie un coup terrible dans les dents de sa femme. Elle a la bouche en sang. « Tiens, voilà pour toi, dit-il, prends ça! Je crois qu'avec cette raclée tu as eu ton compte. Tu as des bleus partout, les braies seront à moi. » Mais Anieuse rétorque : « Avant demain matin, tu chanteras un autre

1. Palissade, puis espace destiné aux tournois.
2. Fasse attention.
3. Panique.
4. Série de coups.
5. Donne.
6. Sont dispersés dans la cour.
7. Le combat.

refrain ! Tu ne vaux pas deux merlans[8], vilain puant, tu crois peut-être m'avoir matée[9] ? ».

Sur ces mots, prise d'une fureur indicible[10], Anieuse le frappe de toutes ses forces. Elle ne l'a pas raté, elle a touché l'oreille. Sire Hain, de douleur, plie l'échine.

« Vilain, dit-elle, tu as tort de ne pas me laisser les braies.

– Je sais à présent que tu ne m'épargneras pas, mais je vais te rendre tes coups. Aujourd'hui même, je te tuerai.

– Et qui tuerez-vous donc, vilain sire ? Si j'arrive à vous empoigner, je vous ferai croire en mon Dieu. Non, je ne reculerai pas, tu ne m'échapperas pas, tu mourras.

– Tiens, voilà pour toi deux gifles, dit Hain, avant que je ne meure… Il va t'en cuire si j'ai le dessus ! »

Ils se poursuivent et s'échangent une volée[11] de coups. Sire Hain est vif et combatif mais Anieuse ne le craint pas. Elle joue si bien des poings que sire Hain chancelle.

Que vous conterai-je encore ? Leurs habits sont couverts de sang, tant ils ont reçu de châtaignes[12]. Solide et pas manchote[13], Anieuse prend son mari au corps. Sire Hain, d'un coup de hanche envoie Anieuse par terre si brutalement qu'il lui brise presque une côte. C'est un coup violent, mais la dame se relève, recule un petit peu. Dame Aupais, qui surveille le pugilat[14], voit tout cela.

« Ah, par Dieu, Simon, il faut arrêter là !

– Fiche-moi la paix. Si Anieuse avait de l'avance, me ferais-tu cette demande ? Sûrement non, par saint Foursy. Alors attends encore un peu, que l'un des deux soit au tapis ! »

Les deux, qui continuent, se prennent par les cheveux. Hain tient sa femme par la tresse et elle s'accroche à sa tignasse, tant qu'il se plie en deux. Aupais encourage

8. Poissons peu réputés.
9. Domptée.
10. Impossible à dire.
11. Série.
12. Coups violents.
13. Maladroite.
14. Combat.

dame Anieuse. Simon, voyant la préférence de sa femme, s'insurge : « Aupais, tu es en faute et je devrais te corriger. Si tu fais entendre ta voix pendant le combat, je te réglerai ton compte, par mes yeux ! »

Aupais se tait, car elle craint son mari.

Après bien des échanges de coups, Anieuse a le dessous. Sire Hain la force à reculer près de la treille[1]. Une grande corbeille se trouvait là. Anieuse y tombe à la renverse. La voyant là, Sire Hain éclate de rire. « Anieuse, dit-il, ma pauvre, tu es bien mal en point. » Ce disant, il court vers ses braies en lambeaux, les prend, les enfile, se retourne vers sa femme, toujours dans la corbeille, et si Simon n'était intervenu, il l'aurait joliment confessée[2] !

« Arrête, nigaud, tu ne vas pas la tuer ! C'est clair, tu as gagné. Anieuse, en veux-tu davantage ? dit Simon qui se moque d'elle. Il t'a bien rabattu le caquet[3]. Seras-tu toujours aussi fière ?

– Sire, par la foi que je dois à saint Grégoire, je n'aurais pas cessé si je n'étais tombée dans le panier, répond-elle. Prouvez-moi votre amitié, beau sire, en me sortant de là.

– Avant que je ne t'aide à sortir, promets-moi d'abord que tu serviras sire Hain tous les jours et que tu ne feras plus jamais les choses qu'il te défendra.

– Va au diable ! S'il me maltraite et si je ne puis tenir tête, comment me défendrai-je ?

– Écoute ce que répond cette harpie[4], dit Simon. Aupais, as-tu entendu cela ?

– Oui, sire, j'ai entendu. Anieuse, je ne peux que te blâmer[5] de répondre sur ce ton. Cela ne convient plus maintenant. Il te faudra à présent faire son bon plaisir. Je ne peux te tirer du panier si tu ne donnes ton assentiment[6].

1. Vigne.
2. Battue.
3. Il t'a fait taire.
4. Méchante femme.
5. Reprocher.
6. Accord avec ce que je viens de dire.

– Donne-moi un conseil, que dois-je faire ?

– Par ma foi, dit Aupais, c'est inutile si tu ne veux pas m'écouter !

– Je le ferai, belle douce amie. Je m'en tiendrai à ton avis.

– Il te faut donc, que Dieu me garde, donner ta parole aujourd'hui, promettre que tu serviras ton baron[7] comme une femme honnête doit le faire. En aucune occasion tu ne te dresseras contre lui.

– Par ma foi, je veux bien lui faire confiance, promit dame Anieuse, je suis d'accord. »

À ces mots, ils rient tous les trois, sire Hain, Simon et Aupais. Ils font la paix. Ils la tirent du panier et la ramènent à la maison. Elle n'arrête pas de dire qu'elle est courbaturée.

Depuis ce jour, Dieu merci, sire Hain fut satisfait en tout ce qu'il demandait. Et comme elle craignait les coups, elle filait doux ! Sire Hain s'en trouva très bien.

Avant de terminer ce fabliau, je veux vous le dire en toute bonne foi : si votre femme veut porter la culotte[8], ne soyez pas assez niais[9] pour accepter ! Faites comme Hain fit avec Anieuse qui le dédaignait tant et plus, jusqu'au jour où il lui frotta l'échine[10]. C'est là que mon fabliau se termine.

7. Ton mari.
8. Diriger la maison.
9. Sots.
10. La battit.

Le Paysan médecin

(XIIIe siècle)

JADIS VIVAIT UN RICHE VILAIN[1] qui était très avare et très chiche[2]. Il était continuellement derrière sa charrue, tirée par une jument et un roncin[3]. Il ne manquait ni de viande, ni de pain ni de vin et possédait tout ce dont il avait besoin sauf… une femme ! Ses amis autant que ses voisins l'en blâmaient[4] fort. Il voulait bien se marier, à condition de trouver une bonne épouse. Aussi ses amis lui dirent qu'ils iraient chercher la meilleure qui soit.

Or il y avait dans le pays un chevalier âgé et veuf qui avait une damoiselle[5] très belle et très courtoise[6]. Mais comme il manquait d'argent, il ne se trouvait personne pour demander la main de sa fille. Il l'aurait volontiers mariée parce qu'elle en avait l'âge.

Les amis du vilain allèrent trouver le chevalier et lui demandèrent la main de sa fille pour le paysan qui avait beaucoup d'or et beaucoup d'argent ainsi que du blé, et du drap à profusion. Le chevalier consentit au mariage et la leur donna sur-le-champ. La jeune damoiselle, qui était très sage, n'osa pas désobéir. Elle était orpheline de mère et faisait ce qui plaisait à son père. Quant au vilain, il épousa aussi vite qu'il put la jeune fille que ce mariage ne réjouissait pas vraiment. Mais elle ne pouvait pas faire autrement !

Quand il en eut fini avec le tracas des noces et tout ce qui s'ensuit, il ne lui fallut pas longtemps pour s'apercevoir qu'il avait agi à la hâte et qu'il était mauvais pour lui d'avoir épousé une fille de chevalier. « Quand j'irai labou-

Ci-contre :
Scène de jalousie, miniature du Moyen Âge.

1. Paysan.
2. Économe.
3. Cheval de trait.
4. Le lui reprochaient.
5. Fille.
6. Bien élevée.

rer, un damoiseau[1], pour qui tous les jours sont fériés, viendra rôder dans ma rue. Quand je serai loin de ma maison, le chapelain[2] viendra conter fleurette[3] à ma femme qui ne m'estimera jamais ! Hélas ! pauvre de moi, se disait le vilain, comment sortir de ce mauvais pas ? Les regrets ne servent à rien. » Il commença à réfléchir au moyen de se préserver de tous ces dangers. « Dieu, se dit-il, si je la battais le matin quand je me lève, elle pleurerait toute la journée et moi, je pourrais aller travailler tranquillement. J'en suis sûr, aussi longtemps qu'elle pleurera, personne ne viendra faire le galant[4]. Et le soir, quand je reviendrai, je lui demanderai pardon ; le soir, je la rendrai heureuse. Mais le matin, elle sera malheureuse. Je la battrai donc dès que j'aurai un peu mangé. »

Le vilain demande à manger, sa femme le sert avec empressement. Il n'y avait ni saumon ni perdrix, mais du pain, du vin, des œufs frits et du fromage à satiété[5]. C'étaient les fruits de son travail. Mais dès que la table est débarrassée, de sa main qui est grande et large, le vilain brutal gifle si fort sa femme qu'on voit la marque de ses doigts sur son visage. Puis il la prend par les cheveux, la traîne et la bat, le brutal, comme si elle l'avait mal servi ! Là-dessus, il part bien vite aux champs, laissant sa femme tout éplorée. « Hélas, que faire ? se demande-telle. Comment me tirer d'affaire ? Je ne sais quoi dire. Mon père m'a bien trahie en me donnant à ce vilain. Certes, c'est la rage au cœur que j'acceptais ce mariage. Mon Dieu ! Pourquoi ma mère est-elle morte ? »

Elle se lamente ainsi et tous les gens venus la voir ne peuvent que retourner chez eux. Elle est emplie de douleur, toute la journée jusqu'au coucher du soleil. Alors, le mari rentre chez lui. Il se jette à ses pieds et la prie de lui

1. Futur chevalier.
2. Prêtre d'une chapelle privée.
3. Parler d'amour.
4. Lui faire la cour.
5. Jusqu'à satisfaction.

pardonner : « Sachez que c'est le diable qui m'a poussé à tant de violence ! Tenez, je vous jure par ma foi que je ne vous battrai plus. Je suis furieux et triste. » Le vilain la supplia tant que la dame lui pardonna et elle lui servit le dîner qu'elle avait préparé. Quand ils eurent assez mangé, ils allèrent se coucher en paix.

Le lendemain matin, le vilain battit de nouveau sa femme, et il la battit si fort qu'il faillit l'estropier[6]. Après quoi, il partit aux champs pour labourer. La dame commença à pleurer : « Que faire ? Comment me tirer d'affaire ? Je suis en bien mauvaise posture. Au fait, mon mari a-t-il déjà été battu ? Mais non ! Il ne sait pas ce que sont les coups. S'il le savait, pour rien au monde il ne m'en donnerait autant. »

Tandis qu'elle se lamentait ainsi, deux messagers du roi arrivèrent, chacun sur un blanc palefroi[7]. Ils se dirigèrent vers la dame et la saluèrent au nom du roi. Puis ils demandèrent à manger car ils avaient grand-faim. Celle-ci les servit volontiers puis leur demanda : « D'où êtes-vous et où allez-vous ? Dites-moi ce que vous cherchez. » L'un des deux répondit :

« Dame, en vérité nous sommes messagers du roi. Il nous envoie chercher un médecin, jusqu'en Angleterre s'il le faut.

– Pour quoi faire ?

– Damoiselle Ade, la fille du roi, est malade ; elle a passé huit jours entiers sans rien boire ni manger, à cause d'une arête de poisson coincée dans son gosier[8]. Le roi en est tout attristé. S'il la perd, plus jamais il ne connaîtra le bonheur. »

La dame leur dit alors :

6. Lui arracher un membre.
7. Cheval de parade.
8. Sa gorge.

« Inutile d'aller plus loin car mon mari, je vous l'affirme, est bon mire[1] ; il connaît plus de médecines[2] qu'Hippocrate[3] lui-même et fait de bons diagnostics.

– Dame, est-ce que vous plaisantez ?

– Non, je n'en ai pas la moindre envie. Mais il a un naturel si bizarre, qu'il ne fait rien de bien si on ne le bat auparavant. »

Les messagers répondirent :

« On y veillera ; pour ce qui est des coups, il sera servi ! Dame, où pouvons-nous le trouver ?

– Aux champs. Quand vous sortirez de cette cour, suivez le ruisseau au-delà de cette route déserte. La toute première charrue que vous trouverez, c'est la nôtre ; que saint Pierre l'apôtre vous garde ! »

Les messagers du roi chevauchèrent jusqu'à ce qu'ils aient trouvé le vilain. Ils le saluèrent au nom du roi et lui ordonnèrent sans plus tarder :

« Venez parler au roi.

– Pour quoi faire ? demanda le vilain.

– À cause de cette science qui est la vôtre : il n'y a pas meilleur mire que vous sur cette terre. Nous venons de très loin pour vous ramener. »

Quand le vilain s'entendit appeler « mire », son sang se mit à bouillir et il assura qu'il ne savait rien de rien. « Qu'est-ce que nous attendons ? dit l'un des messagers, nous savons qu'il veut être battu avant de faire ou de dire du bien. » L'un d'eux le frappa derrière l'oreille et l'autre dans le dos avec un gros bâton. Puis ils le conduisirent tout honteux auprès du roi. Ils le montèrent sur le cheval, la tête tournée vers les talons. Le roi venait à leur rencontre. Il leur demanda :

1. Médecin.
2. Médicaments et traitements.
3. Médecin grec (Ier siècle). Il est à l'origine du serment que prêtent les médecins.

« Est-ce que vous avez trouvé quelqu'un ?

– Oui, Sire », répondirent-ils ensemble.

Le vilain se mit à trembler de peur. L'un des messagers conta au roi les manies qu'avait le bonhomme, et ajouta qu'il était plein de méchanceté et qu'il ne faisait rien de ce qu'on lui demandait sans qu'on l'ait auparavant longuement battu. Le roi déclara :

« C'est un drôle de mire que celui-ci. Je n'ai jamais rien entendu de tel. Eh bien, qu'il soit battu puisqu'il en est ainsi !

– Je suis prêt. Quand vous commanderez, j'exécuterai vos ordres », dit un sergent.

Le roi appela le vilain : « Écoutez-moi bien, maître, je vais faire venir ma fille pour que vous la guérissiez. » Le vilain implora sa miséricorde :

« Sire, par Dieu qui jamais n'a menti, je vous affirme que je n'y connais rien en médecine.

– C'est extraordinaire, s'exclama le roi. Battez-le ! »

Des valets s'approchèrent et le battirent volontiers. Quand le vilain sentit les coups, il crut devenir fou. « Grâce ! leur cria-t-il, je la guérirai sans délai[4]. »

La jeune fille, qui était dans la salle, avait le teint très pâle. Le vilain se demanda de quelle manière il allait bien pouvoir la guérir car il voyait qu'il fallait réussir ou bien... mourir. Alors, il se dit que pour la sauver, il fallait faire ou dire quelque chose qui la ferait rire. Ainsi l'arête sortirait de sa gorge. Il dit donc au roi : « Faites allumer un feu dans cette chambre et laissez-nous. Vous verrez bien ce que je peux faire, et, s'il plaît à Dieu, je la guérirai. »

Le roi ordonna qu'on fît un grand feu. Valets et écuyers se précipitèrent pour exécuter les ordres. La jeune fille

4. Sans attendre.

s'assit près de l'âtre[1], sur une chaise placée là. Alors le vilain ôta ses braies[2], s'allongea et se mit à se gratter et à s'étriller[3]. Or ses ongles étaient longs et il avait la peau dure. Pas un homme jusqu'à Saumur n'était meilleur gratteur que lui ! En voyant ce spectacle, la jeune fille ne put s'empêcher de rire malgré la douleur qu'elle ressentait ; elle fit un tel effort que l'arête tomba de sa bouche. Le vilain se rhabilla tout de suite, prit l'arête et sortit de la chambre. « Sire, votre fille est guérie, dit-il au roi. Voici l'arête, Dieu merci ! » Le roi se réjouit beaucoup :

« Sachez que je vous suis très reconnaissant. Vous aurez des vêtements et des robes en remerciement.

– Merci, Sire, mais je n'en veux pas. Je ne souhaite pas rester avec vous, je dois rentrer chez moi. Par saint Germain, nous n'avons plus de pain et quand je suis parti ce matin, je devais aller au moulin ! »

Le roi appela deux serviteurs : « Battez-le et il restera ! » Ils lui donnèrent une bonne raclée. Quand le vilain sentit les coups sur ses bras, ses jambes et son dos, à nouveau il cria grâce : « Je resterai, mais arrêtez ! ». Il resta donc à la cour. On le tondit, on le rasa, on l'habilla de propre, en robe d'écarlate[4]. Il se croyait tiré d'affaire. C'est alors que les malades du pays, plus de quatre-vingts, dit-on, vinrent voir le roi à l'occasion d'une fête. Chacun lui expliqua son cas. Le roi appela le vilain.

« Maître, prenez soin de ces gens, faites tout pour les guérir.

– De grâce, Sire, il y en a trop, je n'en viendrai jamais à bout, je ne peux pas guérir tout ce monde-là ! »

Le roi appela deux serviteurs. Chacun prit un gourdin, car ils savaient pertinemment[5] pourquoi le roi les appelait.

1. Près du feu.
2. Pantalons.
3. Se racler.
4. Rouge.
5. Parfaitement.

Quand le vilain les vit venir, il se mit à trembler. « Grâce, cria-t-il, je vais les guérir aussi ! » Le vilain demanda du bois. On lui en apporta autant qu'il en voulut. Il alluma un feu dans la salle. Il réunit tous les malades, pria le roi de sortir avec tous ceux qui étaient bien portants. Ainsi fut fait. Le vilain dit alors aux malades : « Seigneurs, par le Dieu qui m'a créé, ce n'est pas une mince affaire que de vous guérir. J'ai bien peur de ne pas réussir. Je vais choisir le plus malade d'entre vous et le jeter dans ce feu. Tous les autres boiront ses cendres avec de l'eau, et ils seront guéris sur-le-champ. »

Il n'y eut pas un bossu, pas un enflé pour s'avouer malade. Le vilain dit à l'un d'eux :

« Dis-moi, on dirait que tu es très faible.

– Grâce, sire, je me sens plus que jamais en parfaite santé. Je suis soulagé des nombreux maux[6] dont j'étais affligé depuis longtemps. Sachez que je ne vous mens pas !

– Va-t'en, alors. Que fais-tu ici ? »

L'homme quitta la pièce sans demander son reste. Le roi lui demanda :

« Alors, es-tu guéri ?

– Oui, Sire, pitié ! Je suis plus sain qu'une pomme. Il est vraiment bon mire, votre prud'homme[7] ! »

Qu'ajouterai-je ? Aucun homme, petit ou grand, pour rien au monde n'aurait consenti à être jeté dans le feu. Tous s'en allèrent comme s'ils étaient complètement guéris. Quand le roi vit cela, il fut empli de joie et dit au vilain :

« Beau maître, je suis émerveillé de leur guérison rapide.

– Sire, je les ai charmés[8] car je connais un charme qui vaut mieux que gingembre et citovaut[9].

6. Maladies.
7. Homme sage.
8. Ensorcelés.
9. Plante aromatique utilisée comme épice.

– Vous pourrez repartir chez vous quand vous voudrez, et avec des deniers[1], des palefrois et de bons destriers[2]. Quand je vous manderai[3], vous obéirez à mes ordres. Vous serez mon ami le plus cher et celui de tous mes sujets. Mais je vous en supplie, ne faites plus de niaiserie, ne vous faites plus outrager en nous obligeant à vous battre, c'est une honte !

– Merci, Sire, dit le vilain. Je suis votre homme, soir et matin, ma vie durant. Jamais je ne le regretterai. »

Sur ce, il prit congé du roi et retourna chez lui tout joyeux. Jamais on ne vit plus riche manant[4], il ne toucha plus à la charrue… et sa femme ne fut plus jamais battue. Au contraire, il l'aima et la chérit.

Tout se passa comme je vous l'ai dit, grâce à sa femme et à sa ruse. Il fut bon mire… sans avoir jamais étudié la médecine.

1. De l'argent.
2. Chevaux.
3. Demanderai de venir.
4. Paysan.

Le Mille-feuille

Raymond Devos (XXe siècle)

JE JETTE UN COUP D'ŒIL derrière la vitre… et je vois… parmi des pâtisseries de toutes sortes… un mille-feuille… épais comme ça… avec de la crème entre chaque feuille, qui débordait…

nappé de sucre glace blanc…

Aussitôt, j'entends une voix intérieure qui me dit :

« Tu ne vas tout de même pas manger ce mille-feuille à toi tout seul ? »

Et puis, une autre voix intérieure, encore plus profonde, qui me dit : « Chiche[5] ! »

(Oh, j'en étais bien capable !)

Et puis la question s'est posée :

Où manger un pareil mille-feuille ?

On ne peut pas manger un pareil mille-feuille devant tout le monde ! Ce serait indécent.

Il faut se cacher !

Mais où ? Où se cacher ?

Dans une église ?… Peut-être.

Oui, dans une église !

Oui, mais si le curé me surprend ?

… Je ferai semblant de feuilleter[6]…

(Il fait le geste de tourner les pages d'un livre pieux… tout en humectant son doigt censé être plein de crème…)

Non !… Derrière un pilier ?

Oui, mais il y a Dieu là-haut qui voit tout…

Dieu :

– Alors, on joue les Don Camillo[7] ?

5. Parions !
6. Tourner les pages d'un livre.
7. Personnage de films (*Le Petit Monde de Don Camillo* notamment). C'est un curé qui s'entretient avec Jésus. Celui-ci le conseille, ou le remet à sa place.

Moi qui te prenais pour la crème des hommes…
Moi :
Seigneur, ce ne sont que de pauvres feuilles !
Lui :
Oui ! Mais il y en a mille !

Pense à ceux qui ont faim, homme de peu de foi… Pour ta pénitence, tu me copieras cent fois le mot *faim*… et sans fin, le mot *foi* !

J'ai pensé : « Je ferais peut-être mieux de prendre une religieuse[1]… »

Et tout à coup, qui je vois derrière la vitre ?
(Je vous le donne en mille !)

Une religieuse… une vraie… authentique… ! nappée de… *(se reprenant)* coiffée de… deux gaufrettes… *(se reprenant)* deux cornettes[2] en…. Enfin… elle désignait mon mille-feuille du doigt !

Alors, j'ai frappé à la vitre :
– Hé, ma sœur ! Non, non !
Il est à moi ce gâteau…
Vous pouvez faire une croix dessus !

Comme elle semblait ne pas comprendre, j'ai essayé de l'influencer… mentalement :

« Non, non ! Pas ce mille-feuille !
Tu ne vas pas prendre ce mille-feuille !
Tu vas prendre une tarte…
Tu vas la prendre, la tarte[3] ! »
[…]

Matière à rire © Olivier Orban, 1999.

1. Autre sorte de pâtisserie.
2. Voile en forme de corne.
3. Gifle.

À lire

Quelques fabliaux à lire avec délectation...

- ***Estula***

Quel drôle de nom pour un chien ! Pas étonnant qu'il entraîne de multiples quiproquos ! Un fabliau à savourer et à jouer.

- ***La Vieille qui graissa la patte au chevalier***

Faut-il prendre ce titre au sens propre ou au sens figuré ? Lisez-le et découvrez ce qu'il en est.

- ***Le Vilain qui conquit le paradis en plaidant***

Certains prétendent que le paradis ne reçoit pas de vilains. Alors que fait celui-ci pour y entrer ? Il vaut mieux s'adresser à Dieu qu'à ses saints, dit le proverbe...

Pour retrouver l'univers du Moyen Âge

- **Brisou-Pellen, *Le Chevalier de Haute-Terre***, Gallimard, 2002

Pourquoi Garin Troussebœuf suit-il un chevalier aux réactions imprévisibles ?
Certes, il est d'un naturel curieux et le chevalier l'intrigue. Mais tout de même...

- **Mirande, *Double Meurtre à l'abbaye***, Castor poche Flammarion, 1998

Qui avait intérêt à tuer le pèlerin retrouvé mort près de l'abbaye de Hautefage ?
Une enquête rondement menée !

- **Noguès, *Le Faucon déniché***, Nathan, 1999

Posséder un faucon ? Martin sait bien que ce privilège est réservé au seigneur. Pourtant, avec un peu de chance...

À lire / à voir

Le Moyen Âge en bandes dessinées

Martin et Pleyers, *La Cathédrale*, Casterman, 1985
« Dès l'obscurité venue, il se passe d'inquiétants phénomènes dans la cathédrale... » C'est par ces mots troublants que Jhen Roque, venu à Strasbourg pour sculpter la flèche de l'édifice, est accueilli.

Yvan Pommaux, *Angelot du lac*, L'École des loisirs, 1990
Coline découvre un bébé abandonné, menacé par une meute de loups. Elle recueille le petit orphelin qu'elle surnomme « Angelot ». Comment grandira-t-il dans un pays ravagé par la guerre de Cent Ans ?

À voir

***Les Visiteurs du soir,* Marcel Carné et Jacques Prévert**, 1942
En 1485, le diable envoie deux ménestrels, Dominique et Gilles, au château d'un baron et de sa fille Anne. Leur mission : faire le mal. Mais Gilles tombe amoureux d'Anne. Comment réagira le diable ?

***Excalibur,* John Boorman**, 1981
Épée forgée par l'enchanteur Merlin, Excalibur appartient désormais au roi Arthur qui se lance, avec ses chevaliers, dans une véritable épopée, la quête du Graal.

***Les Visiteurs,* Jean-Marie Poiré**, 1993
Godefroy de Papincourt, comte de Montmirail, a tué le père de sa fiancée. Une seule solution : revenir dans le passé pour empêcher l'événement de se produire. Malheureusement, l'enchanteur se trompe de formule et le comte se retrouve propulsé au... XXe siècle.

Notes personnelles

Ces pages sont les vôtres :
vous pourrez y noter :
vos citations préférées,
ce que vous pensez de tel
ou tel personnage, les passages
des œuvres qui vous ont marqué,
ce qui vous a surpris, plu, mais
aussi déplu...

À vos plumes !

Notes personnelles

Notes personnelles

TABLE DES ILLUSTRATIONS

Couverture : *Intérieur d'un riche banquier*, enluminure tirée du Décaméron de Boccace, XVe siècle, Paris, Bibliothèque de l'Arsenal, Paris, © Jean Vigne/Kharbine Tapabor.
p. 5, 6, 68 : *Les Jongleurs* (détail), miniature du XIIIe siècle, BNF, Paris, Bis/Ph. Coll. © Archives Larbor.
p. 10 (haut) : *Mois de juillet* (détail), miniature extraite du martyrologue d'Usuard, 1270, BNF, Paris, Bis/Ph. Coll. © Archives Larbor.
p. 10 (milieu) : *La Moisson* (détail), miniature extraite des Heures de Charles d'Angoulême, 1482-1485, BNF, Paris, Bis/Ph. Coll. © Archives Larbor.
p. 10 (bas), 11 (bas), 67 : *Heures d'Étienne Chevalier* (détail), miniature de Jean Fouquet (1415-1480), Bibliothèque du Musée Condé, Chantilly, Bis/Ph. H. Josse © Archives Larbor.
p. 11 (haut) : *Livre des bonnes mœurs*. Boutique de Marchands (détail), Jacques Legrand, 1404-1410, Bibliothèque du Musée Condé, Chantilly, Bis/Ph. H. Josse © Archives Larbor.
p. 11 (milieu) : *Saint Pierre*, peinture à l'huile de Francisco de Zurbarán (1598-1664), Église San Estaban, Séville, Bis/© Archives Larbor.
p. 13 : *L'archange Michel pesant les âmes* (détail), fresque catalane, 1150, Musée Arqu. Episcopal, Barcelone, © akg-images.
p. 14 : *Mois de février* (détail), miniature extraite du martyrologue d'Usuard, 1270, BNF, Paris, Bis/Ph. Coll. © Archives Larbor.
p. 24 : *Le Chevalier errant. Gueule d'enfer*, miniature de Thomas III de Saluces, 1394, BNF, Paris, Bis/Ph. Coll. © Archives Nathan.
p. 58 : *Saint Martin et le mendiant*, plume sur papier jauni d'Albrecht Dürer (1471-1528), Staatliche Kunstsammlungen, Kassel, Bis/Ph. Coll. © Archives Larbor.
p. 61 : *Le Jugement Dernier* (détail), vitrail de l'église de Sognolles-en-Montois (Seine et Marne), 1884, © akg-images/Paul Dumontier.
p. 68 (bas) : *Raymond Devos*, photographie, mars 1985, © Rue des Archives/Agip.
p. 78 : *Sire Hain et Dame Anieuse*, illustration d'Yvonne Vaulpré Debeauvais, © Éditions du Cadran.
p. 86 : *Roman de la Rose. Scène de jalousie*, Jean de Meun (1240-1305) et Guillaume de Lorris (1200-1240), miniature, Bis/Ph. © Bibliothèque Sainte Geneviève, Paris.

p. I : Musée du Prado, Madrid, © akg-images.
p. II : BNF, Paris, Bis/Ph. Coll. © Archives Larbor.
p. III : BNF, Paris, Bis/Ph. Coll. © Archives Larbor.
p. IV : © akg-images/Erich Lessing.

Conception graphique : Julie Lannes
Design de couverture : Denis Hoch
Recherche iconographique : Gaëlle Mary
Mise en page : ScienTech Livre
Édition : Catherine Maugé
Coordination éditoriale : Valérie Antoni
Direction éditoriale : Delphine Dourlet
Fabrication : Marine Garguy

FSC
www.fsc.org
MIXTE
Papier issu de sources responsables
FSC® C022030

Impression & brochage SEPEC - France
Numéro d'impression : 06601151069 - Dépôt légal : novembre 2015
Numéro d'éditeur : 10219608

COLLÈGE

73. **Balzac**, *Adieu*
65. **Bédier**, *Le Roman de Tristan et Iseut*
74. **Chrétien de Troyes**, *Yvain ou le Chevalier au lion*
51. **Courteline**, *Le gendarme est sans pitié*
38. **Dumas**, *Les Frères corses*
71. **Feydeau**, *Un fil à la patte*
67. **Gautier**, *La Morte amoureuse*
1. **Homère**, *L'Odyssée*
29. **Hugo**, *Le Dernier Jour d'un condamné*
2. **La Fontaine**, *Le Loup dans les Fables*
3. **Leprince de Beaumont**, *La Belle et la Bête*
10. **Maupassant**, *Boule de suif*
26. **Maupassant**, *La Folie dans les nouvelles fantastiques*
43. **Maupassant**, 4 nouvelles normandes (*anthologie*)
62. **Mérimée**, *Carmen*
11. **Mérimée**, *La Vénus d'Ille*
68. **Molière**, *George Dandin*
7. **Molière**, *L'Avare*
23. **Molière**, *Le Bourgeois gentilhomme*
58. **Molière**, *Le Malade imaginaire*
70. **Molière**, *Le Médecin malgré lui*
52. **Molière**, *Le Sicilien*
36. **Molière**, *Les Fourberies de Scapin*
28. **Musset**, *Il ne faut jurer de rien*
6. **Nicodème**, *Wiggins et le perroquet muet*
21. **Noguès**, *Le Faucon déniché*
59. **Perrault**, 3 contes (anthologie)
8. **Pouchkine**, *La Dame de pique*
12. **Radiguet**, *Le Diable au corps*
39. **Rostand**, *Cyrano de Bergerac*
24. **Simenon**, *L'Affaire Saint-Fiacre*
9. **Stevenson**, *Le Cas étrange du Dr Jekyll et de M. Hyde*
54. **Tolstoï**, *Enfance*
61. **Verne**, *Un hivernage dans les glaces*
25. **Voltaire**, *Le Monde comme il va*
53. **Zola**, *Nantas*
42. **Zweig**, *Le Joueur d'échecs*
4. *La Farce du cuvier* (anonyme)
37. *Le Roman de Renart* (anonyme)
5. Quatre fabliaux du Moyen Âge (*anthologie*)
41. Les textes fondateurs (*anthologie*)
22. 3 contes sur la curiosité (*anthologie*)
40. 3 meurtres en chambre close (*anthologie*)
44. 4 contes de sorcières (*anthologie*)
27. 4 nouvelles réalistes sur l'argent (*anthologie*)
64. *Ali Baba et les 40 voleurs*

LYCÉE

33. **Balzac**, *Gobseck*
60. **Balzac**, *L'Auberge rouge*
47. **Balzac**, *La Duchesse de Langeais*
18. **Balzac**, *Le Chef-d'œuvre inconnu*
72. **Balzac**, *Pierre Grassou*
34. **Barbey d'Aurevilly**, *Le Bonheur dans le crime*
32. **Beaumarchais**, *Le Mariage de Figaro*
20. **Corneille**, *Le Cid*
56. **Flaubert**, *Un cœur simple*
49. **Hugo**, *Ruy Blas*
57. **Marivaux**, *Les Acteurs de bonne foi*
48. **Marivaux**, *L'Île des esclaves*
19. **Maupassant**, *La Maison Tellier*
69. **Maupassant**, *Une partie de campagne*
55. **Molière**, *Amphitryon*
15. **Molière**, *Dom Juan*
35. **Molière**, *Le Tartuffe*
63. **Musset**, *Les Caprices de Marianne*
14. **Musset**, *On ne badine pas avec l'amour*
46. **Racine**, *Andromaque*
66. **Racine**, *Britannicus*
30. **Racine**, *Phèdre*
13. **Rimbaud**, *Illuminations*
50. **Verlaine**, *Fêtes galantes*, *Romances sans paroles*
45. **Voltaire**, *Candide*
17. **Voltaire**, *Micromégas*
31. *L'Encyclopédie* (anthologie)
17. *L'Homme en débat au* XVIIIe siècle (*anthologie*)
16. Traits et portraits du XVIIe siècle (*anthologie*)